Sedução
no convento

Sedução no convento

Jacques Lagôa

Companhia Editora Nacional

Diretor Superintendente: Jorge Yunes
Diretora Editorial Adjunta: Soraia Reis
Editora: Luciana Bastos Figueiredo
Assistência Editorial: Rafael Fulanetti
Revisão: Magna R. Theobaldo
Coordenação de Arte: Márcia Matos
Assistência em Arte: Luiz Felipe Souza
Foto de capa: Shutterstock / vichie81

CIP-BRASIL. CATALOGAÇÃO-NA-FONTE
SINDICATO NACIONAL DOS EDITORES DE LIVROS, RJ

L177s
Lagôa, Jacques
Sedução no convento / Jacques Lagôa. - 1. ed. - São Paulo : Companhia Editora Nacional, 2015.
168 p. : il. ; 21 cm.

ISBN 978-85-04-01961-2

1. Romance brasileiro. I. Título.

15-21363 CDD: 869.93
CDU: 821.134.3(81)-3

26/03/2015 31/03/2015

1ª edição - São Paulo - 2015

Companhia Editora Nacional

EDITORA AFILIADA

Av. Alexandre Mackenzie, 619 – Jaguaré
São Paulo – SP – 05322-000 – Brasil – Tel.: (11) 2799-7799
www.editoranacional.com.br – editoras@editoranacional.com.br

Para Salete Lagôa, minha esposa, que
está sempre atenta aos meus "rabiscos";
Gustavo Lagôa, meu filhão, minha vida;
e Moacir Aparecido Doniani, meu sogro,
que muito iria se divertir com este livro.

Um pouco de mim

Meu nome é Marcel. Nasci em 1960, na cidade de Saint-Malo, a noroeste da França, região da Bretanha. Meu pai já havia falecido um pouco antes de eu nascer e minha mãe morreu no parto. Foi em um orfanato de freiras que iniciei meus estudos e minha vida.

Neste momento, aos 55 anos, estou sentado no meu banco, na verdade, meu melhor amigo, de frente para a vista mais imponente do Mont Saint-Michel. Minha bicicleta, minha eterna companheira, está parada ao meu lado.

Hoje não voltarei para minha casa em Saint-Malo. Dormirei aqui, em Saint-Michel, na casa de pedra onde fico. Bonita, porém modesta.

Não preciso de mais nada. Tenho todo o conforto necessário. Uma viela onde posso abrir os braços e tocar ambas as paredes, ruas repletas de encantos com suas torres medievais, caminhos de pedras tão tortuosos que ainda me encantam e enchem minha alma de alegria. Todos me conhecem, mas pouco sabem de mim. Nunca fui de falar muito. Sempre bonito e forte, com minha sensualidade grotesca, causei muita confusão. Um metro e oitenta e três, forte, loiro e de olhos azuis. Coxas grossas e peito forte.

O vento leva meus pensamentos para as mais diversas direções. Meu coração se enche de um romantismo do qual não tinha consciência. Tenho uma sensação de completude maravilhosamente orquestrada pela névoa e pelo frescor úmido da madrugada de inverno. Sinto meu peito se encher de uma nostalgia, sem perceber o real motivo. A névoa muda de direção e, junto com ela, os meus pensamentos...

Mont Saint-Michel, o oásis medieval francês, era a fonte intuitiva do meu romantismo bucólico, não pelo conhecimento acadêmico, considerando que nunca havia estudado a respeito dele, mas pelo que se passava dentro de mim. Um turbilhão de pensamentos que fazia minhas emoções viajarem pelas alegrias e pelas tristezas que tive na vida.

O monte oferece um resumo da história da civilização francesa, e muitas pessoas passam por aqui, correndo e tirando fotos, mas, naquela noite, o monte era só meu. Eu tinha 35 anos, e o monte me olhava com suas luzes distantes, me mostrando um mar especialmente agitado, de quem já engoliu muitos incautos. O céu dava sinais de que poderia vir uma tempestade. Um vento frio soprava. As folhas, que me pareceram sempre as mesmas, rolavam pelo chão e o silêncio da noite invadia os meus ouvidos. Meus pensamentos alimentavam minha alma, pensamentos de ontem e dos dias presentes.

Ah, quelle vie! Ah, que vida! Que vida repleta de acontecimentos felizes, desastrosos, complicados e saudosos, resultados de fatos marcantes.

Uma bruma ainda suave, me permitia ver as luzes da minha cidade querida, que embalava muitas das minhas lembranças, sempre pairando sobre minha cabeça e enchendo meu coração dos mais diversos sentimentos, mas que não alteravam meu semblante. Quem me olhasse, diria ser eu uma estátua.

Além do banco e da bicicleta, me acompanhavam o pacote de *croissants* de chocolate e, no bolso do meu casacão preto, uma garrafa de *Bordeaux*.

Sempre foi assim. Eu, muito bem agasalhado — com meu boné preto com protetor de orelhas, um cachecol também preto, luvas grossas —, no silêncio da noite, só com minha alma, saboreando lembranças dos anos vividos.

O frio já não me incomoda. Nada mais me incomoda. Com a fisionomia marcada por muito trabalho, apenas observo. E as minhas expressões não se alteram com as lembranças dos momentos de alegria, raiva, tesão e com os pensamentos sobre um futuro, que ainda existiu, mas que já dá saudade. Sinto saudade do que eu não conseguia imaginar como seria, de momentos que nunca tive, mas que talvez pudesse ter tido. Que loucura!

Na verdade, muito pouca coisa me incomodou. Sempre enfrentei a vida.

Ah, quelle vie! Muitas vezes deliciosa para mim, mas nem tanto para outros. Talvez ainda saudosa para mim e muitas outras moças, cheia de lembranças sensuais. Sempre fui uma incógnita para as pessoas, mas até que gostava dessa situação. Preferia assim. Ah, que vida!

Aquela noite estava misteriosamente mais fechada, o vento, mais forte, e o silêncio, mais profundo. Nem os cachorros nem os pombos, meus amigos, estavam por lá. Era como se algo de especial estivesse por vir.

Eu me acomodo no banco duro e permaneço cercado de nada.

Mas havia o prazer de lá estar, de olhar e de sentir o nada, um nada que, para mim, era tudo. Eu tinha a consciência desse tudo em alguns momentos. Em outros, não. A vida era tudo e, de repente, era nada. Nada tinha significado e, de repente, significava tudo. Então, o tudo era só olhar para a frente e ver o Saint-Michel.

Um filhote de pombo raquítico, molhado pela brisa, pousou ao lado de meu *croissant* e trouxe a lembrança da minha origem. Sem deixá-lo roubar o prazer da mordida preguiçosa no meu pão, voei com ele, enquanto tomava um gole grande do *Bordeaux*.

Meu nascimento

Meus pais, que não conheci, chamavam-se Josephine e Paul. Eram pobres e, pelo que me falaram, muito me desejaram. Mas, por capricho do destino, nunca me tiveram.

Soube que minha mãe ainda me segurou nos braços nos meus primeiros minutos de vida. Nada deles me restou como lembrança. Na casa em que viviam, trabalhavam como empregados. Meu pai, no campo, e minha mãe, como doméstica. Moravam no anexo de empregados que pertencia ao orfanato das freiras, chamado Convento da Fraternidade.

Não tive abrigo familiar. Fui acolhido pelas caridosas irmãs do orfanato, que me ensinaram as primeiras letras.

Da infância, restam imagens apenas: aos dois anos, querido e cuidado pelas irmãs; aos sete, sendo alfabetizado por elas. Mais tarde, trabalhando na limpeza, ajudando na cozinha, alimentando galinhas e porcos, possivelmente como retribuição ao teto, comida e roupas. Na adolescência, cuidando especialmente das verduras, das vacas e das cabras. O orfanato estava localizado em um ponto alto de Saint-Malo.

A vista dos campos era linda, e eu, ao guardar as cabras, tinha o privilégio de ficar, por horas, observando a paisagem. As Ilhas Petit e Grand me fascinavam. Lá de cima, via as ruelas estreitas e íngremes de Saint-Malo pelas quais, muitas vezes, eu descia correndo em disparada, sem olhar para os lados, como se estivesse dirigindo um carro desgovernado.

Cresci e me tornei um jovem de beleza grotesca e desalinhada. Alto, forte, loiro, pernas compridas e fortes, costas e braços com músculos que o trabalho duro e intenso desenhou. Andava por toda a cidade e era conhecido como o "garoto do orfanato".

No inverno, tinha mais tempo para ficar admirando aquela paisagem magnífica: o mar, os pescadores e a vegetação tão característica da Bretanha. Adorava o resultado produzido pelo clima, que fazia crescer o musgo, alterando e colorindo as muralhas.

A vida me fez bruto. Comia com as mãos os assados de cordeiros e limpava com os punhos o que escapava da boca. Normalmente comia sozinho, longe das pessoas. No orfanato, convivia com as freiras e com as noviças que cuidavam das crianças como cuidaram de mim, mas, nas minhas folgas, corria para o mar e me juntava com barqueiros que me permitiam remar e parar entre as ilhas para ficar admirando o oceano e, ao longe, o Mont Saint-Michel, que tanto me fascinava.

Com o tempo, fiquei mais forte. Passei a trabalhar com os remadores do porto, que me admiravam pela força física e pelo mistério que eu representava; uma incógnita presa ao meu mutismo. Eu adorava remar. A brisa, o cheiro do mar, o movimento das ondas, me acalentavam a alma. De onde vieram esses anseios, não tenho a menor ideia. As freiras ralhavam bastante comigo, pois eu não era afeito a frequentar as missas dominicais. Dizia a elas que iria, mas nem passava por perto. Ia para o andar de cima do orfanato para ver o nascer do sol, os raios penetrando por entre os galhos das árvores, montando na paisagem caminhos de luz e sombras. Ficava absorvido nesse encantamento até o entardecer. De onde eu estava, podia ver o porto e, no final do dia, o pôr do sol. Eu vivia muito bem comigo mesmo. Solitário, mas sem solidão.

Voltava suado para o orfanato por causa das longas caminhadas. Eu tinha um quarto, mas gostava de me refrescar no celeiro, onde havia água limpa em abundância. Havia um lugar só meu ali, sob o monte de feno. E embaixo ficavam as vacas de que eu cuidava. Seus mugidos me alegravam e eram pela manhã meu despertador. Gostava delas.

Desejo sexual

Andava por todo o orfanato e sentia que era querido por lá. Aliás, por todos em Saint-Malo. Cresci e a sexualidade aflorou em mim. Tudo começou com a noviça Collete. Um dia, ela estava a pegar água no poço vestindo uma camisa de botões que me permitiu ver parte de seu seio, apenas uma pequena parte. E eu... bem, eu tremia. Alguma coisa estava se passando comigo, mas não era totalmente nova. Nos últimos meses, eu havia experimentado várias vezes um tipo de perturbação. Uma coisa esquisita, mistura de angústia e desejo, um calor no rosto, algo sobre o qual não tinha com quem falar. Vi em Collete uma beleza que nunca tinha percebido. Seus olhos, a visão roubada dos seios e seu encantador sorriso que mostravam seus dentes alvos.

Collete notou meu olhar ou meu rosto vermelho, não sei. Recompôs-se e me pediu ajuda para puxar o balde. Nossas mãos se tocaram e, de repente, um calafrio percorreu minha espinha. Esse simples gesto fez minha perturbação chegar ao auge. Ela retirou a mão, e carreguei o balde até a porta da cozinha. Nada falamos, apenas nos olhamos profundamente. Foi ela quem desviou os olhos castanhos dos meus azuis.

Fui embora dali. Ao deitar, não consegui conciliar o sono. Estava sozinho com meus tumultuados pensamentos: os seios de Collete, jovens, redondos, seu ventre, suas coxas, seu sexo... Eu me sentia cada vez mais perturbado, e o meu pênis se erguia como se tivesse vida própria. Eu era um homem, um homem cheio de tesão.

O dia seguinte

Acordei pensando em Collete. Desci as escadas e corri por todos os lados à sua procura. Não a vi em lugar algum. Era dia de oração, que desgraça! Eu me senti culpado pelos maus pensamentos. Estava transtornado. Queria vê-la, sentir seu cheiro, ver suas pernas se movendo, o balanço de seus quadris, imaginá-la sem roupa, soltar o véu e sentir seus cabelos.

Ordenhar as vacas naquela manhã me excitou. Meu membro endurecia a cada pensamento. Percebi o tesão novamente. Não conseguia me concentrar em nada da minha rotina. Que sofrimento!

À tarde, fui para a cidade. Passei a notar as mulheres e seus olhares pareciam denunciar um desejo discreto. Ou seria o meu? Meu pensamento estava fixo em Collete e nas sensações que provocou em mim. Voltei para o orfanato na esperança de vê-la, mas nem sinal dela.

Meus sentimentos ainda me deixavam confuso. Aquilo me deu vergonha. Sobretudo, me deu uma sensação de culpa. Como podia eu, criado pelas irmãs em um convento, ter pensamentos tão depravados? Eu queimaria no inferno? E com pensamentos sobre o inferno e sobre Collete, adormeci de pau duro.

Eu no meu banco

A noite foi ficando cada vez mais escura, daquelas em que as estrelas parecem ter desaparecido do céu. O vento era forte como nunca. Eu conseguia ver apenas o contorno do Mont Saint-Michel.

O barulho das ondas era mais forte, e a bruma espessa tomava conta do meu cenário. O cheiro de maresia estava mais intenso, e o vento soprando era música nos meus ouvidos. O mundo era só meu. O tempo era só meu.

O filhote de pombo já tinha comido o pedaço do meu *croissant* e saído voando para outras plagas.

Pensando em Collete — e excitado —, tomei um gole bem grande do meu *Bordeaux*, que esquentou meu corpo e alimentou minhas lembranças. A noviça Collete. A delícia do orfanato, da juventude, da descoberta. O primeiro encantamento da minha vida.

Esses pensamentos me trouxeram um delicioso sorriso que, se observado, não dava a dimensão do prazer que sentia. Aquele átimo de pensamento era a vida intensa. Minha cabeça voava e meus sentimentos me acalentavam. Instintivamente, olhei para minha bicicleta, que tantas vezes compartilhei com Collete. O tesão me atingiu. Um tesão do passado. Um tesão da alma. Um tesão de vida.

Festa no orfanato

Dia de aniversário das noviças era dia de festa no orfanato. Suco, uma comidinha menos pior que o normal e uma noviça ao violão resultava em danças e cantorias menos religiosas.

Naquele dia, eu só tinha olhos para Collete, que rodopiava, e, ingenuamente, deixava mostrar pernas e braços que pareciam condenados a me excitar. Estava enlouquecido. Meus pensamentos eram pecaminosos.

Não sei de onde teria tirado a ideia de desejar uma noviça, uma aspirante a freira. Era uma loucura. Não poderia me levantar. Meu short justo revelaria minha ereção.

Após um cochicho rápido da freira coordenadora, Collete veio em minha direção. Minha respiração parou. *Estou ferrado!*, pensei. Mas o que ela me disse era que a madre Luiza queria que ela fosse comigo ao armazém para reabastecer o estoque de pães do convento, pois sozinho eu não conseguiria transportá-los na minha bicicleta. Meu coração pulou. Imaginei nós dois na minha bicicleta. A caminhonete estava no conserto, então só restava a bicicleta com sua cesta de vime. Fiquei louco. Imaginei imediatamente Collete sentada na trave da bicicleta entre mim e o guidão, com as pernas para a lateral da bicicleta.

Saímos. Escolhi a estrada mais bonita e longa. No caminho, pude sentir sua respiração e seu cheiro. Minha boca quase roçava sua nuca molhada de suor. As ondulações da estrada faziam nossos rostos se encontrarem, e o vento suave em nossos corpos era um presente divino. Eu estava excitadíssimo. A tarde estava linda, com o sol quase se pondo. Não era possível ficar indiferente àquela paisagem. Ela apenas sorria e eu pedalava cuidadosa e lentamente para que o momento durasse uma vida. No caminho falei da vista e dos lugares que conhecia e que ela nunca tinha visto.

Parei para que observássemos a paisagem de uma das falésias. O mar batia forte nas pedras. O rastro do sol nas marolas era uma imagem deslumbrante. Não descemos da bicicleta, e a sua inclinação fez nossos corpos ficarem muito próximos. Como quem não quer nada, coloquei minha mão sobre a dela. Ela deixou. Quase morri. Quase cometi uma loucura, mas não era o momento. Comecei a pensar como seria seu corpo por baixo de sua roupa de noviça e isso aumentou ainda mais meu desejo.

A venda estava próxima e ficava em um lugar lindo. Descemos e fizemos as compras para o orfanato. Sugeri um sorvete rápido. Ela ficou ruborizada, mas aceitou. Deve ter percebido meu interesse em estender o tempo em sua companhia.

Deixamos a bicicleta com as compras. Ela pegou um sorvete de casquinha de duas bolas, creme e chocolate, e me fez jurar que não contaria nada no orfanato. Pensei em qual dos pecados ela temia: gula ou luxúria? Pedi sorvete de creme, que nem gostava, mas não me importava. O sabor era dela, era ela.

Sentamos encostados em uma das árvores, que nos proporcionava uma vista encantadora da cidade. Ela estava fascinada com tudo, e, com certeza, com minha delicadeza. Meus olhos entravam dentro dela, meu coração batia mais forte. Quase não conversamos. Eu observava sua boca ingênua devorando seu sorvete com movimentos de língua, lábios e dentes. Um pingo de sorvete caiu no braço dela e, instintivamente, limpei com a minha mão. Pensei no sorvete derramado sobre seu corpo e, assustado com meus pensamentos, disse, de repente: "Vamos?". Eu me arrependi no instante seguinte.

Ajudei-a a se levantar e a puxei para que nossos corpos ficassem bem próximos. Nós nos olhamos e só consegui dizer: "Que passeio maravilhoso!". Corei e ela corou, mas nada disse. Na minha cabeça, estávamos, sim, criando uma linguagem cifrada.

Voltamos e a ouvi dizer, antes de entrar: "Muito obrigada! Adorei!". Queria agarrá-la e beijá-la, mas não sabia muito bem o que tudo aquilo queria dizer. Dentro do orfanato, sua personagem era de noviça, e a minha, de empregado. Mas, quando a festa acabou e Collete me olhou furtivamente e sorriu enquanto caminhava para seu quarto, foi extremamente significativo para mim. Tínhamos alguma coisa. Não sei bem o que era, mas era bom. Deus me perdoasse, mas eu ia continuar. Deitei no feno com a luz da lua prata me iluminando. Naturalmente excitado, me masturbei como se fosse nossa primeira transa. Tesão.

Reflexões

Resolvi caminhar um pouco, alguns passos, até a beira do mar. Era inverno e a maré subia muito. As pequenas ondas estourando na margem formavam espumas que clareavam a beira-mar. Apesar da escuridão, havia um pequeno rastro de luminosidade da lua.

Segui vagarosamente até a outra extremidade e avistei o farol que lançava um facho de luz para o mar distante, acendendo e apagando como meus pensamentos. Ali estava eu, sentindo a intensidade da vida. Eram orgasmos da alma.

Peguei meu *Bordeaux* no bolso do casacão e bebi uma golada, celebrando aqueles pensamentos como se eles estivessem acontecendo naquele momento. Voltei ao banco, respirei e me acalmei.

A noite mais linda do mundo, apesar do tempo feio.

Domingo no orfanato

Acordei mentalmente excitado. Ordenhei as duas vacas pensando em Collete. Meu incômodo era crescente e meus pensamentos estavam fixos nela: tirando água do poço, dançando, na minha bicicleta, minha mão na sua mão, no seu braço... Era domingo, meu dia de folga no orfanato, mas eu tinha compromisso no pequeno cais de onde sairia para levar turistas a passeios de barco pelas duas Ilhas, Petit e Grand. Levei o leite para o refeitório. As noviças ainda estavam em oração na capela. Não vi Collete.

Vestido com meu short puído, estava pronto para ir para o cais. Na saída do orfanato, ouvi um pequeno chamado. Era Collete, acenando da janela discretamente. Minha alma se acendeu. Estou seguro de ter dado o melhor e mais lindo sorriso da minha vida. Ela sumiu em seguida. Seguiria para o pátio e eu não estaria lá. Mas esta cena fez com que eu me sentisse mais seguro, mais bonito, mais tesudo. Era minha roupa de sempre, meu cabelo de sempre, mas eu não me sentia a pessoa de sempre.

As turistas já estavam no cais. Jean e eu estávamos prontos para remar e conduzir a pequena embarcação de seis lugares pelas duas ilhas. As moças me olhavam e era como se conseguissem enxergar que eu estava diferente. O dia estava lindo e sem nuvens no céu. O mar estava tranquilo, verde e transparente. Nós remávamos, e eu só pensava em Collete.

Meu ritmo estava tão forte que Jean me perguntou se eu estava com pressa. Sorri e pensei que sim... que pressa eu tinha! Queria voltar para o orfanato, observar Collete e dar continuidade à tarde que tivemos ontem.

Chegamos à Ilha Petit. Duas garotas do grupo não fizeram questão de esconder seus olhares e cochichos maliciosos. Uma delas pediu para ser carregada até a areia. Segurou-se nos meus ombros e eu a carreguei no colo, podendo sentir a grossura de suas pernas e o peso de seus quadris. Pensei em como queria carregar Collete assim. Senti que sua mão se atreveu a acariciar levemente meus músculos, mas fingi não notar sua intenção. Assim se passou o dia até voltarmos, ao entardecer, ao pequeno cais de Saint-Malo.

Peguei meus francos e subi aceleradamente para o convento. Cheguei suado e cansado. Estava para começar a missa da noite. Eu me lavei rapidamente e corri para participar do culto, para agrado das freiras, que mal sabiam o motivo de minha súbita devoção. Collete me avistou da fila da comunhão e pude ver seu sorriso discreto e pudico por trás das mãos unidas sob a face. *Ah, quelle vie!*, vibrei baixinho.

Na saída da capela, Collete me olhou mais uma vez. Antes de entrar para o claustro, de novo; e acrescentou um sorriso discreto. Definitivamente, eu a desejava. Estava estourando de excitação. Fui para o meu canto, no celeiro, perto dos montes de feno. Deitei ali, sentindo o calor da noite e um fogo queimando como brasa dentro de mim. Trepei com ela em meus devaneios, delicada e deliciosamente, e o orgasmo veio. Dormi feito um bem-aventurado, pensando que ainda realizaria tudo aquilo com Collete.

Meu banco

Era inexplicável como todos os acontecimentos voltavam à minha mente.

No meio da noite, entre as brumas, surgiu um vulto. Pensei ser o pai de Hamlet, como na peça de Shakespeare. O vulto veio até mim e, em pé, disse:

— Marcel, a essa hora, com esse tempo, e nessa idade?

— Não tenho idade, meu caro Gilbert! — respondi.

Sorrimos e ele se sentou.

— Está muito frio!

— Não sinto nada. Quer um gole de *Boudeaux*?

— Obrigado. O que faz por aqui a essa hora?

— Nada. Pensando em tudo. Na vida! Na minha vida... *Ah, quelle vie*, meu caro Gilbert!

— Que tem a vida?

— Maravilhosa, surpreendente, e também feia, estranha. Mas, sobretudo, excitante!

— Excitante?

— Por que não? — perguntei.

Gilbert riu muito:

— Só você mesmo. Você sempre foi assim. Nunca entendemos bem o que fala. Mesmo assim, você é querido por todos pelo seu bom coração. Contam muitas histórias sobre você.

— Não sabem nada....

— Dizem que transou com muitas turistas.

Concordei com a cabeça.

— Com muitas garotas da cidade.

Concordei novamente e dirigi-lhe um leve sorriso.

— Que você ia ser padre.

Muitos risos.

— Mentira! — exclamei.

— Que você comeu o Jean.

Eu ri.

— Pergunte a ele...

— Ele está enterrado!

— Então, você não vai saber...

— Você não muda!

— Não... sou sempre eu mesmo.

— E a turista belga?

— Deliciosa! Incrível. Me ajudou a crescer.

Rimos muito.

— Está um frio do caralho. Vou-me embora. Vamos?

— Ainda não. O dia nem amanheceu e, quando chegar a hora, vai ser lindo.

— Você devia ser pintor.

— Eu sou pintor! Pinto minha vida.

Gilbert se levantou, disse um "até amanhã" e se foi.

Até mais, amigo.

Respondi quando ele já ia longe.

Castigo de Deus

O sino tocou, chamando a todos para a missa. Nem ordenhei as vacas. Desci as escadas do sótão, me lavei rapidamente e fui para a igreja. Vesti minha melhor roupa. Por sorte, havia um lugar bem atrás de Collete. Hesitei um pouco, mas acabei me sentando lá, fingindo ser uma escolha casual. Seu olhar encontrou o meu e notei que corou.

Enquanto ela ficava em pé para as orações, eu me mantinha sentado a admirá-la.

Seu rosto era angelical, sua tez muito branca. Era possível ver um cacho do seu cabelo fugindo da touca. Suas mãos eram delicadas e, na maior parte do tempo, se posicionavam perto da boca em oração, de onde raramente conseguia notar seus dentes brancos e perfeitos. *Ó, Deus, como podes querer para Ti esta que tanto desejo? É injusto! Nós faríamos um casal lindo, não achas?* Percebi que estava começando a brigar com Deus e tive medo de seu castigo.

E ele veio mesmo, muito rápido, ao final da missa. Só pude ouvir madre Luiza dizendo para as noviças que sairiam depois do café da manhã para o retiro habitual de cinco dias em Aix-en-Provence. Quase morri. Cinco dias?

Collete buscou meu olhar e pareceu perceber que meu coração estava aos saltos. Saíram todas as noviças juntas e lá fui eu ordenhar as vacas para levar o leite ao refeitório.

Quase arranquei as tetas das coitadas de tanta raiva que sentia. No refeitório para entregar o leite, minha vontade era de jogar o líquido na cabeça da madre. Que história era essa de retiro logo agora? Só podia ser uma penitência, um castigo.

Collete não estava na sala nesta hora e eu não sabia aonde poderia ter ido.

A madre superiora me agradeceu e sinalizou para que eu me retirasse. Saí mais rápido que um foguete. Na entrada principal do convento, cruzei com Collete. Não sei o que me deu na hora, mas peguei seu braço como quem pede explicações. Não precisou. Ela me disse apenas:

— Quando eu voltar, tomaremos outro sorvete.

Queria agarrá-la ali mesmo. A voz não saía, mas a intenção era dizer que desejava muito isso também. Ela corou, disse que tínhamos um segredo e despediu-se:

— Fique com Deus!

Com Deus? Eu só queria ficar com ela em meus braços. Havia em sua voz um tanto de timidez, um tanto de medo e um tanto de malícia. Quanto de cada porção? Deus, que tudo sabe, poderia me ajudar a responder a questão? Eu é que não podia, estava preso a uma confusão de sentimentos, desorientado. Mas, mesmo assim, saí dali saltitante como um adolescente apaixonado e cheio de esperança e tesão.

Ainda na porta do orfanato, observei as noviças se dirigindo para o ônibus. A despedida entre as freiras era formal e contida. Pisquei para Collete maliciosamente. Ela sorriu, formal como devia ser, e, novamente, me perguntei o quanto havia de formalidade e o quanto havia de malícia naquele olhar e naquele sorriso. Fiquei com esses pensamentos e ela se foi. Acompanhando a partida do ônibus, só me restaram forças para um chute no portão do convento. Eu não merecia essa provação.

No fim do dia, eu costumava ir para o centro de Saint-Malo para me distrair em um bistrô barato. Bebia doses repetidas de vinho de segunda e ficava até as ideias estarem suficientemente embaraçadas, os músculos, relaxados, e o riso, frouxo. Cuidava apenas de manter a capacidade física para subir as ladeiras medievais que levavam até o meu quarto ou ao celeiro do orfanato. Olhava para as mulheres do bistrô, do cais e das ruas, mas meu corpo não reagia como com Collete. Talvez porque, para mim, desejá-las seria traição.

Trabalhei na terra quase todos os dias, tentando me distrair, mas não conseguia pensar em nada que não fosse relacionado a Collete. Durante o banho, nas caminhadas e antes de dormir, evocava seu rosto, suas coxas, seus lábios e podia, em imaginação, possuí-la.

De imediato, o pênis endurecia, me mostrava que estava vivo e que ansiava por uma mulher. Ansiava por Collete, que era tudo para mim naquele momento.

Coração na mão

Cumpri com minhas obrigações matinais e soube do chamado da madre superiora. Queria falar comigo em particular, depois do café da manhã. Fiquei ansioso. Meu corpo começou a emanar suor em quantidade maior do que o normal, molhando meus cabelos e minha roupa embaixo das axilas. Meu coração acelerou e fiquei com medo de que a madre pudesse ouvi-lo. Precisava relaxar.

Quando me apresentei, a madre me disse que, apesar de meu nervosismo aparente, eu parecia feliz. E acrescentou:

— Me lembro de quando você veio para cá ainda recém-nascido. Josephina, sua mãe, ficaria orgulhosa de ver que você se tornou um homem forte e bonito.

Emendou, sem rodeios, que achava que estava na hora de eu pensar no meu futuro e começar a frequentar a escola de Saint-Malo, fora do convento. Levei um susto enorme e devo ter feito uma cara de pânico, antes que ela continuasse:

— Mesmo que permaneça morando conosco no convento.

Foi um alívio para mim. Cheguei a pensar que ela suspeitava do meu desejo por Collete. Na verdade, ela só queria que eu progredisse. Respondi que pensaria no assunto. De fato, nada me faltava. Não ia pensar. Agradeci à santa senhora e fui para o trabalho na horta. Minha consciência pesou. As irmãs tão preocupadas com meu futuro e eu só preocupado com meu desejo por Collete. Definitivamente, eu era um pecador.

No final da tarde, a conversa com a madre ainda ia e vinha na minha cabeça. Embaixo da árvore frondosa que me conhecia desde que nasci, passei a pensar na vida. Casar com Collete. Morar no orfanato, nem pensar. Trabalhar como barqueiro para garantir nosso sustento. Ter uma casa na cidade, uma casa em um lugar bonito. Teria de ser em Saint-Malo. Cuidar da minha noviça. Ter filhos. Três filhos? Filhos lindos. Ganhar a vida. Dormir, acordar, viver com Collete. Até que uma voz grave e alta de freira mandona cortou meus devaneios:

— Marceeeeel! Traga alguns pés de alface para a cozinha.

Saí correndo. Peguei as alfaces e fui para a cozinha.

Na saída, passei pelo corredor das acomodações das noviças e pelo quarto de Collete. Eu me imaginei em sua cama. Me senti ofegante e alterado.

Eu queria ir para a cama com ela; já não me importava com as consequências. Ela seria minha primeira mulher.

Nas nuvens

O nevoeiro estava cada vez mais denso e o vento, mais forte e frio. Pouco se via do Mont Saint-Michel. Não me importava. Eu tinha de ficar lá. Aquele cenário, para alguns assustador, embalava meus pensamentos. Devolvia as lembranças do que eu já passara e me permitia refletir sobre o futuro.

Esta beleza arquitetônica sempre me encantou e, por isso, serviu de palco para minhas andanças e peripécias. Muitos morreram acreditando que dava para atravessar a pé do continente para o monte. Isso aconteceu com o barqueiro Jean. Eu me lembro de que tinha ido a Paris pela primeira vez e, quando voltei, me contaram a tragédia. Chorei minha perda pela segunda vez. Um amigo que gostava da vida.

A espera

Esperava ansioso a volta de Collete. Minha cabeça fervia. Tinha certeza de que ela também me queria. Meus pensamentos me torturavam. Por que ela queria ser freira? Será que nunca quisera ter um homem? Será que queria ser virgem para sempre?

Eu a queria. Em meus sonhos, podia tocar seu rosto, o corpo, abraçá-la e possuí-la. Ela sentia prazer, assim como eu, e descobríamos juntos o amor e o tesão da primeira experiência sexual. Eu não tinha a experiência, mas tinha o instinto guiado pelo desejo. Já havia presenciado as conversas dos mais experientes nos bistrôs. Eles queriam só os prazeres sexuais. Eu, não. Eu queria o amor.

A volta de Collete

Chegou o dia. Estava eu com as minhas alfaces na horta do convento quando escutei a buzina do ônibus. Em disparada, saí para a porta do orfanato. No caminho, esbarrei com uma das freiras e tive de disfarçar minha ansiedade. A pretexto de ajudar as noviças com as malas, me postei ao lado do ônibus. Mas, na verdade, estava louco para ver Collete. Ela foi a última. Quase morri do coração pensando que ela poderia ter ficado lá.

Ela apareceu, parou no último degrau e olhou para os lados como se estivesse procurando alguém. Nossos olhos se cruzaram e ela não escondeu o sorriso que eu tanto ansiava. Sorri de volta, mostrando todos os meus dentes. Meu melhor sorriso, tentando deixar claro que a esperava loucamente. Seus dentes lindos ficaram à mostra.

Deve ter pensado em mim, imaginei. Dei-lhe a mão e ajudei-a a descer do ônibus com sua maleta. Foi um toque delicioso. Nos correspondemos nesse toque. Um pequeno aperto que ela retribuiu da mesma maneira. Que tesão de momento. Valeu a espera. Segui com ela em direção ao interior do orfanato carregando sua pequena bagagem.

— Como foi a viagem, noviça? — perguntei.

— Foi boa. Mas fiquei com saudades daqui! — respondeu, com um leve sorriso maroto nos lábios.

Ah, quelle vie... queria agarrá-la. Por fim, chegamos aonde eu não poderia mais continuar. Nossos olhos se cruzaram. E fixamos nosso olhar um no outro, cheio de intensidade. Entreguei a maleta e senti de leve sua mão.

— Até amanhã, noviça!

— Até amanhã, Marcel. Vá com Deus!

Cumprimentei respeitosamente a freira ao lado dela e me despedi, desejando-lhes um bom descanso da viagem.

A noite começava a cair. Saí do orfanato enlouquecido. Meu coração explodia de alegria e meu corpo, de tesão. Andei poucos metros adiante e segui em direção ao pequeno bistrô para tomar um vinho da casa. Eu me sentei ao lado da janela e fiquei admirando aquela maravilhosa paisagem. Um vento suave e quente soprava meus cabelos e eu sorria sozinho. O céu começava a ficar avermelhado e meu romantismo estava a toda. Pensamentos para um futuro com Collete fora do convento.

Jean e seus amigos me olharam. Jean se aproximou.

— Feliz hoje, Marcel? Quer sentar-se com a gente?

Agradeci e recusei, respondendo que tinha coisas a pensar.

— Quem é ela? — perguntou Jean.

Sorri, desconcertado, e neguei que houvesse alguém.

Fiquei só. Devorei uns nacos de carne de pato com meu vinho. A noite caía. Seu véu nos cobria rapidamente e as luzes dos barquinhos e da cidade traziam uma outra Saint-Malo. No rádio do bistrô, como se fosse uma encomenda, uma música romântica embalava meu ser cheio de paixão e tesão.

Já era hora avançada, quando, seguindo a iluminação fraca das ruelas e o feixe de luz que a lua cheia provocava, voltei lentamente para o orfanato. Uma aragem trazia até minhas narinas o perfume das flores da encosta. Meu pensamento era só Collete. Via seus lábios, imaginava seus beijos, suas mãos me acariciando e eu a enlaçando.

Sem acordar as vacas, subi lentamente para a parte de cima do celeiro, tirando a escada que levava para minha cama improvisada. Ajeitei meu cobertor e dormi com os anjos, admirando a lua que se encaixava na minha janela. Estava no auge da felicidade. O que eu sentia por Collete definitivamente não era só tesão. Eu estava experimentando o amor. E, rodeado por uma atmosfera mágica, me senti feliz e adormeci.

Meu banco

Não foi o único momento maravilhoso da minha vida, mas, com certeza, a chegada de Collete foi um dos mais enlouquecedores. Lembro a vez em que fui com ela ao Saint-Michel. Aqui sentado, sei que isso tudo é passado, mas as lembranças são tão vivas que se embaralham com o presente. Lembrar é viver novamente o momento, sem saber qual parte é sentimento e qual é acontecimento...

Coloquei as pernas sobre o banco e continuei saboreando meu *Bordeaux*. A noite se mostrava extremamente especial com a tempestade que parecia anunciar — um cenário nunca visto por mim. Pensei em sair, mas algo me impulsionava a ficar, apesar dos relâmpagos, dos trovões e dos raios que ativavam meu bom senso. Algo imperioso me fixava naquele lugar. Era para onde meus pensamentos me levavam. Sempre. Sempre. Sempre. Estar só era delicioso para mim, porque não era solidão o que sentia. Então, fiquei onde estava.

No celeiro

Acordei com o sol entrando pela janela. Na verdade, não era uma janela, era um buraco na madeira da parede do celeiro. Dormira ali. O raio de sol, meu despertador, me acordou. Pensei em Collete. Da janela, eu via o campo ainda amanhecendo. A luz solar estendia-se lentamente pela campina e pelas encostas de Saint-Malo; pelas flores de várias cores. Eu era felicidade pura, e o cenário me tornava ainda mais feliz. Respirei fundo. Ela estava de volta com seu sorriso, seu andar, seu jeito maroto. Pensei no quanto não conhecia sua história. Por que ela fora para o convento?

Eu me lembrei do nosso primeiro encontro, no poço, e meu corpo acordou. Coloquei a roupa e, pela primeira vez, percebi que queria impressioná-la. Desci as escadas, me lavei, escovei os dentes e fui ordenhar as vacas. Meus pensamentos estavam em Collete. E meu corpo respondeu a todos eles. Eu a quero e acho que ela me quer. *Ela me olhou diferente quando voltou.*

E começaram os pensamentos demoníacos: será que ela se masturba pensando em mim? Eu sabia que algumas meninas de Saint-Malo me desejavam. Ela é mulher. Apesar de noviça, será que me deseja? Sente tesão? Quais seriam seus pensamentos na cama? Como será sua camisola e sua calcinha? Depois de me masturbar e gozar muito pensando nela, saí para entregar o leite.

Lá estavam as noviças. Troquei olhares com Collete. *Deus me perdoe, mas vou dormir com ela.* Ela era a mais bonita e a mais tesuda. Imaginava seu corpo, seus seios, suas formas. Precisava espairecer. Então fui cuidar das verduras. Fiquei na horta por muito tempo, cavando a terra e cuidando das alfaces, chuchus e rabanetes.

No final da tarde, ao longe, avistei Collete. Vinha em minha direção com uma cesta e papéis na mão. Meu coração parou.

— Marcel — ela me chamou. — A madre superiora quer que você vá ao mercado fazer umas compras. A caminhonete está pronta. Eu levarei a lista.

Fiquei maluco:

— Você também vai?

Ela corou e respondeu que sim. Tudo se acendeu em mim. Fixamos o olhar um no outro por um tempo que pareceu curto demais. Só nós dois.

— Talvez tenhamos tempo para aquele sorvete em segredo.

Seu rosto corou e eu pensei em como Deus era bom.

Passei pela bica, tirei a camisa e me lavei. Queria me exibir para ela. E ela me observava. Peguei a cesta e saímos para a pequena caminhonete que já estava consertada. O dia estava lindo e eu já imaginava o caminho a fazer. Seria o mais curto para termos tempo para o sorvete. Abri a porta respeitosamente para ela entrar. Corri para o outro lado e me sentei ao volante. Quando íamos sair, uma das freiras veio correndo. *O que será agora? Alguém mais vai conosco?* Então, a freira disse:

— Se não encontrarem o coentro, deverão ir até o centro. Não se esqueçam, pois preciso temperar o peixe.

Era longe. *Que maravilha!*

— Vão com Deus.

E fomos.

Na velha caminhonete amarela, descemos para a venda. Levava uns 15 minutos até lá. Percorremos o caminho em silêncio, mas nossos pensamentos eram os mesmos. Acho que nos queríamos. A saia dela estava um pouco repuxada. Eu entendia tudo como um sinal, uma permissão. Estava estourando de tesão. Meu pau era uma pedra.

Rompi o silêncio comentando que teríamos tempo para tomarmos um sorvete. Ela sorriu. A tarde estava fresca, com uma aragem que soprava do alto da montanha. Estávamos alegres.

— Adorei que você tenha voltado. Os dias demoraram a passar. E lá, como foi?

— Rezamos muito.

— Só isso? — retruquei.

— Pensei em você.

— Sentiu saudades?

Ela apenas assentiu.

— Eu também. Principalmente ao dormir, pensava muito em você.

— Eu não conseguia dormir. Rolava na cama. Queria voltar.

Ao trocar a marcha, esbarrei em sua perna e ela não se mexeu. Era um sinal?

— Os dias aqui estavam muito bonitos, mas faltava sua companhia — arrisquei. Com carinho e cuidado, coloquei a mão em sua perna. Ela ficou inerte. Somente nossa respiração se alterou. Tirei a mão, pois tive medo de que ela me repreendesse. Eu estava cheio de tesão.

Queria parar o carro e agarrá-la, beijá-la, sentir seu corpo contra o meu. Ao mesmo tempo, não queria estragar tudo. Estávamos chegando à venda. Nossa postura mudou. Ela apresentou a lista e aguardamos. O funcionário embalava tudo e nós nos olhávamos. Passei por perto dela e pousei delicadamente a mão em sua cintura.

O funcionário voltou com as compras e o coentro. Ela se virou para mim e eu disse que teríamos de buscar o coentro. Ela sorriu:

— Vamos buscar o coentro na cidade pois este é bem pouco.

Coloquei tudo na caminhonete e voltei.

— Chocolate e creme? — perguntei.

Ela respondeu que sim. Pagamos as compras e saímos. Levei-a para tomar o sorvete em um lugar mais bonito, considerando que naquele dia tínhamos mais tempo.

Já com os sorvetes, descemos a escarpa. Eu segurava sua mão. Era um lugar lindo. E lá de cima não poderiam nos ver. Nós nos sentamos para desfrutar de uma vista encantadora. Ao longe, no mar, alguns barcos navegavam. Uma brisa soprava, havia um cheiro doce e leve de flores e o céu azul-anil, que terminava no mar claro, como eu nunca tinha visto. Cenário presente de Deus.

Ficamos assim, só a olhar a paisagem, em silêncio. Pensei em falar sobre os dias sem ela por perto. Ela parecia ouvir meus pensamentos. Corou e, quando acabou o sorvete, disse que tínhamos de retornar. Concordei de pronto. Dei-lhe a mão para ajudá-la a levantar. Ficamos muito próximos. Trocamos olhares intensos. Algo precisava ser feito.

— Quero contar-lhe um segredo — sussurrei.

Ela sorriu, aproximou o ouvido da minha boca e eu beijei-lhe o rosto macio e quente. Sem resistência, escorreguei meus lábios para que encontrassem sua boca carnuda e úmida. Foi um beijo sincero e suave, mas também inexperiente e explorador. Rapidamente encontramos o jeito certo de encaixar nossas bocas, e minhas mãos, sem mais se conterem, buscaram sua cintura e a aproximação com seu corpo, fazendo-a sentir meu tesão. Com certeza, ela sentiu meu membro duro.

Ela afastou-se de repente, dizendo que tínhamos de ir. Começou a fazer o caminho de volta e aceitei sem resistência. Subimos para a caminhonete em silêncio. Ouvíamos apenas nossa respiração ofegante, motivada parte pelo esforço da subida e parte pela excitação — quanto de cada parte para ela? Eu ainda não sabia.

Alertei-a sobre a necessidade de mentir sobre a compra do coentro. Ela não respondeu. Ainda estava ofegante. Ousei pegar em sua mão e acariciá-la durante o percurso para o orfanato. Eu a sentia tremer. Fizemos o percurso em um silêncio cortante e confuso.

Assim que chegamos, fomos em direção à cozinha. Uma noviça correu a nos ajudar. Logo aproximou-se uma freira, agradeceu e me dispensou. Eu disse boa noite a todas com meu eterno "Fiquem com Deus". Recebi o "Amém" em coro como resposta e elas se foram. Collete olhou discretamente para trás e nos separamos.

Imaginava ela só de calcinha, com seus seios à mostra e eu me fartando deles e dando a ela felicidade sexual. Dormi feliz e ansioso pelo dia seguinte.

Ah, que vida!

No meu banco: minha alma voa

Como é bom gostar do meu passado! Mesmo que problemas tenham existido, me sinto como se estivesse assistindo a um filme que me encanta e me excita.

Eu estava absorto. Estático. O vento aumentava cada vez mais e ainda não me incomodava. Agora havia um véu negro que cobria o Mont Saint-Michel. Os pássaros sumiram. Era apenas eu e nada mais. Um nada que era tudo. Serenidade.

Que vida! Degustava meu vinho como se fosse ele o responsável por me trazer mais recordações.

No meu celeiro

Acordei nas nuvens. O que fazer agora? Fugir com ela? Ela deixaria o convento?

Antes de tudo, eu a queria. Queria possuí-la e dar-lhe prazer, beijar seu corpo tenro todinho. Nosso encontro seria uma explosão de paixão e desejo. Queria fazê-la morrer de desejo e depois disso fazer planos. Pensava em como faria para levá-la ao celeiro, no meu esconderijo no feno, de onde as noviças nunca se aproximavam, porque nem sequer sabiam de sua existência.

Levei o leite para o refeitório, entreguei-o à freira Augusta e rezei com elas. Collete e eu nos olhávamos com discrição.

Eu me lembrei de dizer à madre superiora que, sempre que ela desejasse, eu estaria à disposição para acompanhar quem quer que fosse. Ela agradeceu e disse que, em breve, eu deveria ir ao Saint-Michel.

— Estarei às suas ordens, irmã — respondi. — Quando será? Vou acompanhar alguém?

— Sim, possivelmente a noviça Collete, que levará um documento ao pároco de lá.

— Conte comigo, irmã. — E me retirei em seguida para tomar café com os empregados.

Que seja breve, pensei. Corri e pulei como um cabrito da montanha, com enorme alegria.

O dia passou e nada. Inventei até pretextos para ir ao refeitório. Não vi Collete. Logo começou a chover muito, de forma que ninguém mais saía. Fui para o feno e olhei a chuva pela "janela". Forte. O cheiro de terra molhada entrava no estábulo. Fiquei deitado, tentando imaginar o que estaria fazendo Collete, no que ela estaria pensando. Foi difícil dormir. Meus pensamentos estavam nela. Finalmente, depois de um tempo, adormeci.

O grande dia chegou

Dormi profundamente. Acordei com o chamado da irmã Augusta:

— Marcel! Marcel!

Levantei sem mesmo me arrumar e me apresentei. Ela ergueu os olhos e disse:

— Hoje você irá com a noviça Collete até Saint-Michel. Em trinta minutos.

— Sim, irmã, estarei pronto. Ela saiu e fiquei atônito. Que paraíso!

Lavei o corpo todo rapidamente. Quase me masturbei. Coloquei cueca e short, os que me deixavam ainda mais tesudo, e uma camiseta justa.

Não penteei o cabelo; deixei solto.

Saí em busca de Collete.

Ela estava linda.

Nós nos encontramos no estacionamento do orfanato. Ela vinha com um envelope na mão. Trocamos um sorriso furtivo.

Abri o portão e saímos. Para sair da cidade murada, circundamos os muros com seus musgos verdes, resultado do clima da Bretanha. Cidade linda, com seus telhados marrons. Eu mostrava e falava tudo isso a ela. Eu não parava de falar.

Os vidros abertos da caminhonete nos davam o frescor da manhã. Até o Mont Saint-Michel eram em torno de sessenta quilômetros. Estávamos indo para a catedral. Apesar de perto de Saint-Malo, já era a Normandia. Observamos a praia no percurso. Collete saboreava o passeio. Vidros abertos. O cheiro da vida fora do convento entrava em nossos corpos. Ela nunca tivera a chance de sair do orfanato. Nem perguntei o que íamos fazer. O importante mesmo era estar ao seu lado.

Com delicadeza, segurei a mão de Collete e ela

correspondeu. Às vezes trocávamos olhares e leves sorrisos. Eu falava da paisagem para ela, dos perigos de atravessar a pé do continente para o Saint-Michel. Muitas pessoas calculavam mal a travessia e eram surpreendidas pela maré que subia repentinamente.

Quando chegamos, seguimos diretamente para o monastério, onde ela deveria se apresentar. Esperei por um bom tempo.

Na volta, já era hora do almoço e eu a convidei para irmos a uma pequena cantina, obviamente barata. De qualquer forma, a comida era bem melhor que a do orfanato. Ela aceitou. Durante a refeição, ela me explicou que tinha de conversar com o padre sobre sua permanência no orfanato e sobre quando receberia os votos de freira. Gelei. Era tudo que eu não desejava. Conhecia bem a vida delas. Para mim, não era vida. Escapavam-lhes os prazeres que a vida podia e devia oferecer. Todas as freiras eram generosas — foram comigo —, mas eu não entendia o fato de abdicarem de vários segmentos por uma vida religiosa. Não falei nada. Apenas perguntei se era isso que ela desejava. Sua resposta, naquele momento, não foi muito convincente.

De sobremesa, tomamos o sorvete de que ela tanto gostava. Já era hora de voltar.

Na caminhonete, seguimos lentamente para Saint-Malo. O calor era intenso. Passamos por uma venda e lhe ofereci um refrigerante. Ela prontamente aceitou. Paramos, comprei as bebidas e caminhamos até uma árvore frondosa, um pouco afastada da estrada. Levei a caminhonete até lá e, à sombra da árvore, começamos a tomar nossos refrigerantes. Perguntei-lhe se gostava do orfanato e quando receberia os votos de freira. Ela não quis falar sobre o assunto.

Eu não aguentava mais. Precisava fazer alguma coisa. Então, peguei em sua mão. Ela deixou e nos encaramos, um olhar profundo de consentimento. Adiantei meu corpo para o dela e arrisquei novamente. "Você é linda." Com cuidado, passei a mão por trás de sua cabeça. Com enorme delicadeza, fiz com que aproximasse seu rosto do meu e a beijei. A princípio, suavemente, e, depois, com enorme tesão. Ela correspondeu. Nossos lábios estavam grudados. Nossas línguas se encontraram. Beijei sua testa, suas bochechas, seus lábios, seu queixo, tudo, agora freneticamente. Tirei seu véu e passei carinhosamente a mão em seus cabelos castanhos. Ela era linda. Beijei seu pescoço e ela apertou muito minha mão quando deslizou a dela para minhas coxas e cravou suas unhas em mim com força. Suavemente, passei a mão por seu seio. Ela tremia. Que seios os dela! Pequenos e redondinhos. Senti seus mamilos. Queria descobri-los.

Achei que não devia avançar além daquele ponto. Eu a desejava, mas não era ali que eu queria tê-la. Meu fetiche era o feno, o meu cenário. Seria a nossa cama. O beijo durou uma eternidade e suas unhas ainda cravavam na minha coxa. Queria mais, mas não devia. Não era a hora. Meu pênis estourava. "Eu te adoro, quero você." Ela sorriu e, por livre e espontânea vontade, beijou meus lábios. Minha excitação era total.

— O que faremos? — perguntei.

— Você é quem sabe — ela respondeu.

Deus do céu, eu a queria naquele instante.

Ela arrumou seu véu e disse:

— Vamos embora.

Concordei e seguimos viagem de mãos dadas.

Ah, que vida! Eu estava no céu. Ao chegarmos a Saint-Malo, separamos as mãos, não sem antes eu beijar-lhes os dedos. Desci da caminhonete, abri a porta do orfanato e entramos.

Imediatamente, surgiu a irmã Augusta, muito feliz.

— E então, Collete, como foi?

— Muito bem — respondeu ela.

— Pode se lavar para o jantar.

Agradeceu a mim, e as duas se foram. Antes de ir, Collete me olhou com um leve e discreto sorriso.

Fui para o feno. Tirei a roupa e me masturbei. Na minha cabeça, era uma trepada. Eu me masturbava com a fúria de um desejo infinito. Tirava a roupa dela, sua calcinha, e nós nos amávamos delicadamente até cessar a fúria do tesão de um adolescente inexperiente. Gozei em voz alta. Permaneci de tado por um tempo. Depois disso, também fui me lavar e jantar.

Fui ao bistrô barato e lá estavam meus amigos barqueiros.

— Tudo bem? — perguntaram eles.

— Melhor impossível!

E continuei na mesa, com meu olhar distante na direção do mar.

No meu banco

Eu estava estático. Que recordações! O vento estava mais forte, a noite nunca estivera tão escura. O mar era cada vez mais agitado, barulhento, as pequenas ondas quase chegavam aos meus pés.

Meu coração pulsava mais forte com essas recordações. Levantei e dei uma volta no banco. Peguei na cestinha da bicicleta um pacote de onde tirei um tablete de chocolate. Sentei novamente e, bem devagar, comecei a comer, ainda absorto em meus pensamentos. De vez em quando, via algumas luzes no Mont Saint-Michel e minha alma passeava por suas ruelas.

Reviver é viver com intensidade tudo novamente. O passado vinha como presente. Apesar de tudo, eu tinha no peito uma alegria infinita. Fui feliz, e essa constatação me devolvia a felicidade daqueles dias.

A enorme surpresa

Não foram fáceis meus dias seguintes no orfanato. As freiras e noviças rezavam muito. E eu trabalhava muito. Ver Collete mais distante e bem menos do que antes era um enorme sofrimento. Eu vivia na horta, cuidando das verduras, ou agarrando as tetas das vacas furiosamente. Acho que elas me odiavam.

Ia sempre ao refeitório. O tempo feio, com nuvens baixas, deixava o clima ainda pior. Elas estavam em trabalho constante. Era limpeza geral e orações a Deus para agradecer a vida. Que vida elas tinham. Trabalhar e rezar. Eu não entendia aquilo. Não paravam para ver o nascer e o pôr do sol. Não tinham tempo nem para admirar a vista que estava diante do seu nariz.

Eu sofria por Collete e pelo meu tesão recolhido. Só me restava pensar nela. E os pensamentos eram os mais pecaminosos possíveis: ela se trocando, ela se banhando, passando o sabonete nas partes íntimas, e os beijos que eu queria lhe dar, rolando no feno. Quando e como ia conseguir levá-la lá para cima?

Certa vez, ela estava pegando água no poço e corri para ajudá-la. A irmã Augusta veio junto e nos advertiu: voto de silêncio.

Que horror, ainda têm de ser mudas.

Collete me encarou e arriscou um olhar de reprovação a tudo aquilo. Veio, entretanto, um olhar de saudade. Foram dias tristes e de tesão acumulado.

Mas, depois da tempestade, vem a bonança.

Certo dia, acordei e vi uma movimentação fora do normal. As noviças e as freiras carregavam pequenas valises e cestas que deveriam ser de alimentos. *Para onde iam?* Avistei todas, menos Collete. Era um vaievém para o portão do orfanato.

Me vesti rapidamente e, a pretexto de ajudar, fui ao encontro delas do lado de fora. *Deus do céu, o ônibus!*

Vi a irmã Augusta correndo em minha direção.

— Marcel, Marcel! Preciso muito de você.

— Sim, irmã Augusta.

— Vamos ficar dois dias fora. Todas nós, menos a irmã Antoniette e a noviça Collete. Você sabe das dificuldades da irmã Antoniette em andar e Collete está com febre. O médico pede que ela não tome friagem e a coitada não poderá ir ao passeio que faremos em peregrinação ao convento das Carmelitas, que fica a uns cem quilômetros daqui. Quero que fique muito atento. A irmã Antoniette não se locomove bem e, se houver qualquer problema com Collette, você deve chamar o médico.

— Claro, irmã, pode ir sossegada. Conte comigo. Levarei sempre o leite e as verduras ao refeitório.

— Isso, meu bom Marcel. A alimentação para elas está toda preparada. Apenas fique atento. Qualquer problema, você está autorizado a entrar na clausura, sempre em silêncio e com respeito.

— Com certeza, irmã Augusta.

Elas partiram. Que alegria ver aquele ônibus se afastar. Dei adeus. Fechei com felicidade a porta do orfanato e corri para a clausura.

— Irmã Antoniette? — chamei falando alto.

— Sim, meu filho? Estou no refeitório.

— A senhora precisa de alguma coisa mais?

— Não, obrigada. Já tomei meu leite e vou me recolher.

— A senhora me permite ver como está a noviça Collete? — perguntei.

— Sim, meu filho. Vá e qualquer coisa, chame o médico.

— Claro, irmã, fique tranquila.

Ela se arrastou até a clausura e foi para o quarto deitar. Devia ter uns 200 anos. Fui para o quarto de Collete. Abri a porta e não a vi. De repente, a porta se fechou atrás de mim.

Eu me virei e lá estava Collete na frente da porta. Com um sorriso maroto. E, apesar de noviça, com um sorriso safado.

Não entendi nada. Ela sorriu. Eu sorri, percebendo que ali havia alguma safadeza dela para não ir à viagem. Estendi a mão. Ela também. Eu a trouxe em minha direção. Nada falamos e, rapidamente, trocamos um longo e delicado beijo. Apertei-a em meus braços. Nós nos agarramos e passei as mãos pelas suas costas, chegando no início das nádegas.

Ela cravou as pequenas unhas em mim. Que momento sublime! Que tesão!

Dessa vez, não paramos por aí.

— E a febre? — perguntei.

— Muitos cobertores — disse ela, bem marota.

— Venha, vamos namorar no feno.

— No feno?

— Sim, é onde eu durmo. A vista é linda, é seguro e a irmã Antoniette não pode chegar lá.

— Ela não vai nos ver?

— Não. O quarto dela dá para os fundos. Venha. Vamos.

Ao sair, mais um beijo.

— Só vamos nos beijar — disse ela.

— Claro que sim, mas mais à vontade. E, depois, você inventou muito bem essa febre.

Sorrimos e fomos. Atravessamos furtivamente o pátio e entramos na estrebaria onde ficavam as vacas.

— Nunca tinha vindo aqui.

Mostrei a escada e ela subiu na frente.

Embaixo, eu via suas pernas e um pedaço de sua calcinha, que não era tão calcinha assim. Mas percebi bem suas coxas roliças. Ela ficou admirando o buraco que era minha janela enquanto eu subia.

— Que vista linda daqui.

— Será a nossa vista daqui para a frente. — E a abracei por trás.

Ela me sentiu, estou certo. Meu pau era uma pedra. Virei-a para mim e nos beijamos suavemente para, em seguida, aprofundarmos o beijo. Beijei seu pescoço e escorreguei a mão para as nádegas. Mordi seu queixo, ela me agarrou com as duas mãos. Delicadamente, tirei seu véu de noviça, coloquei-a de costas para mim e num abraço beijei sua nuca. Beijei novamente sua nuca com minha língua úmida.

Eu estava excitadíssimo. Com certeza, ela sentia meu membro enrijecido e não fazia questão de se afastar. Parecia que gostava. Com cuidado, deitei-a no feno. Ela era minha e eu seria dela.

Os beijos eram ininterruptos e, com todo o cuidado do mundo, passei a mão em seus seios. Sentia-os durinhos e os mamilos, entumecidos. Coloquei a mão por dentro de sua blusa e senti pela primeira vez a pele de seus seios. Ela tremia e grunhia alguma coisa.

Tirei sua blusa e deixei o sol banhar seu corpo. Passei a beijar sua barriga e fui para seus seios. Suas coxas eram deliciosas e eu passava minha língua nelas. De tão excitada, ela não parava quieta. Mexia e remexia o corpo delicioso. Eu beijava todo o seu corpo com um ardor sem limite. Ela mexia as pernas, sentindo o tesão disso tudo. Tirei minha camisa e ela agarrou minhas costas musculosas com suas mãos pequenas.

Com a mão por debaixo de sua saia, percorri suas coxas com uma delicadeza inimaginável enquanto beijava seus seios. Cabiam todinhos em minha boca. Ela gemia. Cheguei à parte mais tesuda e ainda virgem dela. Intuitivamente, beijei-a ali. Acho que foi o auge dela. Nem eu sabia que faria isso. Ela estava encharcada de tesão. Foi quando, com muito cuidado, tirei sua saia e a vi de calcinha. Uma calcinha de algodão. Não tive dúvidas em tirar meu short e a cueca. Fiquei nu. Tirei sua calcinha ao mesmo tempo em que beijava suas coxas.

Estávamos os dois nus.

Ela era bem peluda, o que me excitava ainda mais. Deitei em cima dela e coloquei meu pau em suas coxas. Ela abriu um pouco as pernas e a encoxei. Ela sentiu o tamanho e a grossura e só teve tempo de dizer "cuidado".

Virei-a de costas e beijei suas pernas, suas nádegas e mais uma vez a encoxei, agora por trás. Ela se virou para mim, nós nos beijamos e, para minha surpresa, ela pegou no meu membro. Quase gozei, mas continuei beijando-a dos pés à cabeça. Com suavidade, levantei suas pernas para permitir uma penetração. Ela sentiu meu pênis na entrada dela, já bem molhada. Lentamente, fui invadindo Collette.

Ela uivava de tesão. E, por meu pau ser tão grande, ela gemia... Fui devagar, bem devagar, até senti-la ter sido totalmente penetrada. Comecei o movimento com cuidado e não demorou muito para ela gozar:

— Que maravilha!

Ela queria e queria muito. Quase não consegui segurar meu gozo. Gozei forte, em jatos que pareciam não parar nunca. Ela sentiu meu gozo quente dentro dela. Ofegante, saí de cima e coloquei-a em meu peito. Perguntei como ela estava.

— Doeu, mas foi maravilhoso.

— Pra mim, foi a melhor coisa que poderia ter me acontecido. — E revelei que nunca tinha estado com uma mulher.

Para ela não ficar encabulada, cobri-a com sua saia. Ficamos quietos. É claro que eu, na minha juventude, queria mais, queria outra vez. Mas ela não aguentaria. Nós nos viramos de lado e nos beijamos de novo. Que momento sublime. Que tesão sentir minhas mãos em suas nádegas firmes e roliças.

Relaxamos e tiramos um cochilo. Quando acordamos, já era o começo do entardecer. Ela se levantou e olhou para mim, sem pudor, com seus seios à mostra.

— E a irmã Antoniette? — perguntou.

— Fique aí, que vou até lá e digo que você está bem no seu quarto.

Nu, levantei e ela me viu inteiro pelado. Olhou bem para o meu pau. Deitou novamente.

— Vá e volte logo.

— Vou correndo e volto voando para você.

— Enquanto isso, vou me lavar.

— Está certo. Desça com cuidado a escada, a torneira é bem ao lado.

Eu me vesti e fui. Na clausura, perguntei se a irmã Antoniette desejava alguma coisa.

— Sim, meu bom Marcel, um copo de leite e bolachas. E Collete, como está?

— Fique tranquila, passei no quarto dela e ela estava dormindo. Coloquei a mão na testa dela e estava sem febre. Vou levar um leite para ela depois.

— Isso, meu bom Marcel.

— A senhora deseja que eu volte mais tarde?

— Não precisa, meu filho. Vou rezar, deitar e dormir.

— Até amanhã, irmã.

Saí correndo. Cheguei ao estábulo e Collete estava nua, lavando-se. Enquanto eu a admirava, ela me viu. Que bunda era a dela! Joguei-lhe minha tolha e ela se enxugou. Tirei minha roupa e me lavei também. Ela me viu nu, seu primeiro homem. De forma safada, me exibi, lavando meu membro, do qual ela não tirava os olhos.

Subimos para o feno e, deitados, curtimos o entardecer, bem abraçados.

Não deveria chegar ninguém tão cedo e lá ficamos abraçados, pelados, trocando carícias.

No meu banco

Inerte, penso naquele momento tão extraordinariamente vivido e agora revivido. Ah, que vida! Que maravilha!

Eu estava feliz com meus pensamentos.

Não existia tristeza de já ter acontecido. O passado era um presente feliz.

As nuvens pretas já se dissiparam um pouco e meu corpo estava em chamas.

Saboreei meu vinho. Queixar-se do que sobre a vida?

Eu me ajeitei no banco e resolvi não pensar em coisa alguma.

Acabei cochilando.

Acordei no céu no orfanato

Meu anjo dormia ao meu lado. A noite se descortinava e ela pelada, como Deus a criou. Seus pentelhos grandes, suas pernas esticadas... que tesão ela era!

Imediatamente, meu membro acordou. O delicioso cheiro de sexo ainda estava presente.

— O dia está nascendo, Collete.

Ela abriu os olhos e pudicamente se cobriu.

Levantei, nu, e a convidei para vir até a janela. Vimos os primeiros raios de sol. Trocamos olhares e nos abraçamos. Sua saia caiu das mãos e ficamos pelados. Meu membro se enroscou em suas coxas. Gentilmente, ela separou as pernas. Com certeza, como eu, ela queria mais.

Deitamos e a beijei toda novamente. Ela ainda disse que ia doer.

— Faremos devagar.

Ela se abriu e transamos melhor ainda. Ela me sentia todo, e eu dentro dela era um delírio. Dessa vez, demoramos mais para gozar, o que foi bem melhor. Ela me agarrava com as unhas, e isso me dava um tesão enorme. Fizemos amor com mais intensidade. Eu lambia o suor que escorria deliciosamente do seu colo para o seio. Aproveitava e mordia levemente seus mamilos.

Senti que ela ia gozar. Gozamos juntos. Nossos corpos eram um corpo só. Deliciosamente, relaxamos por um tempo.

Mais beijos. Era hora de descer para ver a irmã de 200 anos. Levantamos para nos arrumar e fomos até o quarto da irmã Antoniette.

Collete entrou e perguntou como ela estava.

— Muito bem, minha filha. E você, dormiu bem?

— Como nunca, irmã. Dormi muito bem. Vou trazer seu café da manhã. Pode tomá-lo no quarto.

— Obrigada e agradeça ao Marcel, aquela santa criatura.

Eu, atrás da porta, sorri. Fomos preparar o café da irmã e o nosso. O apetite era grande.

A vida estava maravilhosa

As freiras e as noviças podiam não voltar nunca mais.

Fui ordenhar as vacas com Collete ao meu lado. Depois, felizes, fomos ao refeitório colocar o leite na geladeira e tomar nosso café da manhã juntos. Ah, que vida!

Tomamos nosso café, apaixonados. Volta e meia entrelaçávamos as mãos. Ainda teríamos um dia e meio pela frente.

— E então? Vai ser freira mesmo? — perguntei.

— Estou confusa. Não sei o que fazer.

— Foi tudo delicioso e poderá continuar sendo. Mas, com a chegada das freiras, tudo isso vai ser impossível — alertei. — Podemos sair e cuidar da nossa vida.

Ela ficou em silêncio.

— Tenho documentos assinados. Não sei o que fazer.

Silêncio.

Então, ela foi cuidar da arrumação de seu quarto, trocar de roupa e, possivelmente, lavar-se melhor.

— Estarei na horta esperando você.

Olhamos se a irmã Antoniette não estava por perto. Trocamos um beijo de carinho e tesão e, em seguida, nos separamos.

As horas passaram comigo na horta, sem camisa e transpirando com o calor imenso. Depois de um tempo, chegou Collete com um suco de laranja. Bebi e sentamos na relva. O sol já estava se pondo, um entardecer maravilhoso, talvez o melhor de nossas vidas. Hoje ainda íamos dormir no feno. Levantamos e fui me lavar. No caminho, encostamos em uma árvore e nos beijamos fortemente, com tesão.

Virei-a de costas e a encoxei. Beijei sua nuca. Levantei sua saia e passei a mão em suas coxas. Segurei sua mão e a fiz pegar em mim. Eu estava excitadíssimo e ela parecia gostar de pegar no meu membro. Depois disso, ela colocou as mãos na árvore, como que se apoiando. Suspendi sua saia, coloquei sua calcinha de lado e penetrei em seu sexo. Ela, muito molhada de excitação, gemia. Talvez essa tenha sido a nossa transa mais cheia de tesão.

Nossos ruídos aumentaram, prenunciando o gozo. Eu fazia movimentos fortes e ela adorava, encostando-se cada vez mais em mim. Eu a segurava firmemente pela cintura. Sentia sua bunda roliça. Ela gozou, e eu em seguida. Nossas pernas fraquejaram e fomos obrigados a sentar. Ela, apoiada em meu peito, e os dois ofegantes. Trocamos um beijo amoroso e fomos embora. Ela, para o orfanato, preparar o nosso jantar e o da irmã, e eu fui ao estábulo, para me lavar.

No meu banco em Saint-Michel

Como é maravilhosa uma vida assim. Tudo ia muito bem. Como é delicioso ter vivido tanto tempo sendo feliz, por mais percalços que tenhamos tido.

Tive, sim, muitos problemas, muitas outras alegrias, muitos outros dissabores, mas, mesmo na minha idade, sinto que um vento me trará novidades. Vento que me parece uma premonição, como as que sempre tive. Um vento de Deus, por mais que eu tenha pecado em nome do amor.

Não deve faltar muito para amanhecer o dia. Mesmo com esse tempo feio, mas lindo por minhas recordações, percebo que algo vem aí.

No orfanato

Uma vez alimentada a irmã de 200 anos, fomos dormir no nosso feno. Não antes de um passeio pelos jardins do convento, de mãos dadas, abraçados e abençoados por uma lua dos amantes. Arrumei mais a nossa cama. Peguei uma colcha melhor e dormimos abraçados. Noite linda. A lua não se mostrava para nós, mas tínhamos o brilho escondido do luar. Exaustos, dormimos como anjos. Acordamos com gritos.

— Noviça Collete! Collete!

Levamos um enorme susto. Ela, sem pensar muito, simplesmente levantou-se e respondeu:

— Estou aqui.

A madre ficou furiosa quando viu Collete de seios de fora.

— Desça imediatamente e vista o véu!

Não entendi nada. Levantei de dorso nu.

Ela me viu e virou-se para Collete, muito brava.

— Imediatamente para minha sala.

Collete ainda retrucou:

— Não é o que a senhora está pensando. Eu fiquei com medo à noite e vim dormir aqui.

Tive certeza de que tudo tinha ido por água abaixo. Coloquei a camisa, desci rapidamente e fui em direção a elas.

— O senhor me aguarde — falou a irmã.

Algumas noviças que estavam por perto, davam risadinhas. Outras, as mais feias, com feições horrorizadas, não tinham dúvidas de que estavam diante de um pecado mortal.

O grupo havia voltado mais cedo do passeio.

Caminhei para a sala da madre. Tudo estava perdido. Fiquei sentado do lado de fora, esperando a minha vez. Pensava no que aconteceria com Collete. Finalmente, fui chamado.

— Você nos traiu. Recebemos você aqui, educamos e você age com uma safadeza dessas.

Ainda retruquei, mas não consegui coisa alguma. Jurava por Deus que nada havia acontecido.

— Não blasfeme — advertiu a irmã. — A noviça Collete vai sair deste para outro convento, e o senhor pode arrumar suas coisas e nos deixar.

Não me importava sair do orfanato, apesar de gostar de lá. Minha preocupação maior era com Collete.

— Madre, para onde a senhora vai mandar a inocente Colette?

— Isso o senhor jamais saberá. Agora, pode arrumar suas coisas e que Deus o perdoe e o guie.

Não havia mais o que fazer. Saí tonto da sala da madre, com o coração apertado e a certeza de que tinha estragado tudo. Penalizado por Collete, peguei minhas coisas e me dirigi até a porta do convento onde tinha vivido feliz. Parei e dei uma olhada em tudo. As lágrimas escaparam e rolaram em meu rosto triste e angustiado, pensando em Collete.

Passei no meio do grupo das noviças e elas eram só risinhos. As mais horrorosas, que jamais conheceram, nem iam conhecer, os encantos da vida, se benziam. Mostrei a língua para essas.

Olhei para a janela de Collete e nada. Para onde ela iria? Tinha de encontrá-la. Saí do orfanato, pedalando minha bicicleta, e fiquei de vigia na porta. Chegou a noite e nada de Collete sair. Tinha de cuidar de mim. Felizmente, tinha meus francos ganhos como remador e alguns que as irmãs me pagavam.

Fui para uma hospedaria simples e arrumei um quartinho. Não conseguia dormir. Collete martelava na minha cabeça. Que mal fiz a ela! O que seria dela?

Acordei cedo no dia seguinte e corri para o orfanato. Uma noviça estava entrando.

— Noviça Joana — falei, suplicante. — Por favor, onde está Collete?

Ela me olhou, desconfiada.

— Foi embora ontem à noite.

— Para onde? — Havia desespero na minha voz.

— Ninguém sabe — ela respondeu, sem se comover.

— Por Deus, descubra para mim.

— Impossível. Só posso lhe dizer que ela chorava muito.

Parecia que minha vida tinha se extinguido. Mas eu precisava sobreviver, de modo que fui para o pequeno porto e contei minha situação a Jean.

Como eu era forte e bom remador, imediatamente me contrataram para o trabalho de levar turistas em passeios de barco pelas ilhas.

No banco

Essa é a mais triste das minhas lembranças. Nunca mais soube de Collete.

Eu me lembrava de todos os nossos momentos. Espero que ela tenha sido feliz, que tenha encontrado um bom homem para se casar. Não creio que depois das nossas experiências, as mais maravilhosas das nossas vidas, ela tenha se tornado freira.

O curioso é que minha alma, nesse momento, sorria. Fomos felizes e, quem sabe, livrei-a de uma vida que não era para ela.

Bendito destino, quando vislumbrei seus seios ao lado do poço do orfanato. Queria muito ter sabido dela.

Na hospedaria

O tempo passou. Eu remava, ganhava meu salário, comia, fazia minhas coisas e levava uma vidinha tranquila. Mas não parava de pensar em Collete.

O verão chegou forte, mesmo na Bretanha. Pensava em Collete e me excitava.

Nem sempre tínhamos turistas, mas certa vez saímos para remar, Jean e eu. No meio do mar, resolvemos ancorar e dar um mergulho. Caímos na água pelados.

Nadamos até a Ilha Petit. Debaixo de uma árvore, me atirei na relva e dormi, pensando em Collete.

Fiquei excitado quando senti alguém passando a mão no meu pau. Era Jean. Então, pedi para ele parar. Ele me perguntou se eu não o queria? Disse que não. Ele ainda retrucou perguntando se eu tinha nojo dele. Respondi que não, mas que não era a minha. Meus pensamentos estavam em Collete. Comentei ainda que sempre suspeitei dele e que não me importava, mesmo porque ele sempre foi meu melhor amigo. Nada tenho contra. Só que não tenho desejo por homem. Pedi desculpas e disse que aquilo ficaria só entre nós.

— Esqueçamos isso. Somos amigos.

No banco

Coitado do Jean. Não esperava essa minha reação, apesar de querer ficar comigo. Eu já tinha ouvido alguma coisa sobre suas tendências. Entretanto, para mim não fazia diferença alguma se ele era gay ou não.

Agora ele está enterrado. Mas acho que soube viver.

No cais do porto

Meses se passaram. Em vão, tentei encontrar Collete. Até ao mosteiro do Mont Saint-Michel eu fui e nada.

Jean e eu continuávamos nosso trabalho.

Certa vez, uma jovem belga veio a Saint-Malo. Ela chamava-se Aline. Era linda, com um corpo muito bem-feito. Fizemos o passeio de sempre. Ela me olhou e eu me senti livre, lindo e forte.

Alguns olhares depois, ela se afastou.

— Tesão de garota, não? — comentou Jean.

— Sim.

Mais tarde, após o trabalho, fui jantar em um bistrô perto do cais e lá estava ela, próxima ao mar, em uma mesinha que permitia uma vista linda do entardecer.

Logo ela me viu e me convidou para sentar com ela. Aceitei e pedi um vinho da casa.

— Não — disse ela. — Posso oferecer outro? Um *Bordeaux*?

Concordei e bebemos juntos.

— Sou de Bruges, cidade pequena e encantadora da Bélgica — ela falou.

— Não conheço. Nunca saí daqui. O que você faz lá?

— Na verdade, nasci em Bruxelas, mas estudo Arte em Bruges. Você estuda?

Falei só o necessário para engatar um papo e ficamos admirando a paisagem.

— Você mora onde? — Ela quis saber a certa altura.

— Em uma hospedaria aqui em Saint-Malo. Se desejar, eu a levo ao Mont Saint-Michel para conhecer.

Ela topou.

— Amanhã?

— Certo.

Terminamos nossa bebida e saímos. No canto da rua, ela me agarrou e nos atracamos. Imediatamente, meu pau enrijeceu, e ela o segurou com tesão. Senti que Aline me queria naquele instante e eu fiquei tarado. Fomos para minha simples hospedaria.

Trepamos muito. Ela era bem experiente e foi delicioso. Ela adorava todas as posições. E também me chupava, o que Collete nunca tinha feito. Além de ser linda, tinha um corpo de enlouquecer qualquer homem. Entramos na minha hospedaria e nos atracamos mais. Ela tomou a iniciativa. Com tesão, me beijava. Lambia meu pescoço e, num ataque, tirou minha camiseta e passou sua língua úmida em meu tórax sarado. Ajoelhou e, olhando para mim com um sorriso deliciosamente safado, desabotoou minha bermuda para observar minhas coxas fortes. Lambeu as coxas e mordeu por cima da cueca. Até que a abaixou e meu pau pulou com todo o seu vigor. Lambeu minha virilha, meu saco. Nunca senti tanto tesão. E lambeu a cabeça do meu pênis. Chupava com uma volúpia enlouquecida. Eu ia gozar. Levantei Aline e arranquei sua blusa e seu saiote e a coloquei na cama. Apertei suas coxas entre as minhas mãos e comecei a lambê-las. Ela se abria para mim. Tirei sua calcinha tesuda e vi seus pelinhos aparados. Enquanto eu lambia seu clitóris, ela gemia e apertava o lençol com as mãos. E berrava: "Me come seu puto... enfia em mim... me faz gozar". Obedeci. Cheios de suor, descansamos. Que mulher!

Enlouquecida, ela teve meu gozo naquela noite por duas vezes. Quase ao amanhecer, ela saiu e combinamos um novo encontro. Era ninfomaníaca. Me comeu e me fez gozar muito.

Mulher experiente.

No meu amigo banco

Naquela época, começou outra parte da minha vida, também deliciosa e fundamental para o meu amadurecimento. Graças, mais uma vez, ao destino. Acendi meu *Gitanes* e dei umas boas baforadas. Ela era loirinha, com um metro e sessenta e dois de altura, coxas firmes e seios gordinhos. Lembrei que fora ela quem me apresentara ao *Bordeaux*. Tomei um bom gole do vinho em homenagem a isso.

Dia seguinte no cais

No dia seguinte, nós nos encontramos novamente.

— Quer ir de ônibus ou na garupa da bicicleta?

— Tenho um carro. Um pequeno *Renault* com capota conversível.

— Então vamos.

No caminho, passamos pela árvore em que eu e Collete tomamos nosso refrigerante inesquecível.

É claro que me excitei e meu semblante se alterou. Não sei se ela percebeu. Enquanto ela dirigia, eu lhe falava sobre os perigos do mar, sobre as horas em que a maré permitia a travessia e sobre os pontos históricos do Mont Saint-Michel.

— Como você aprendeu tudo isso? — ela indagou.

— Decorei.

— Você deveria estudar e se tornar um guia turístico. E Paris?

— Nunca fui.

— Tem que ir. Você nunca teve ninguém fixo?

Silêncio, que ela percebeu.

— Quem era ela?

— Uma noviça.

Ela riu e depois percebeu que era sério. Passou a mão nas minhas coxas como se estivesse me consolando, eu a beijei no pescoço. Seguimos adiante.

Aline era gostosa e alegre. Na verdade, era uma mulher já feita, apesar de sua pouca idade, e tinha uma visão de mundo muito diferente da minha e das pessoas com quem eu me relacionava. Percebi que eu podia aprender e crescer com ela. Mas teria apenas alguns dias. Escutei com atenção o seu conselho de que eu poderia me tornar um guia turístico.

De mãos dadas, entre abraços e beijos, fomos para a maravilha francesa que é o Mont Saint-Michel. Naquele dia, dava para atravessar para o monte andando a pé pela praia. Haveria tempo para voltar antes da maré cheia.

Ela não se cansava de me agarrar. Acho que nunca encontrou um cara forte, bonito e másculo como eu. Ela estava sempre com tesão e isso muito me excitava. Na verdade, era ela quem me comia e, nos lugares mais desertos, me chupava deliciosamente.

Da praia fomos direto para o mosteiro de Saint-Michel. Expliquei-lhe os detalhes históricos do lugar: que fora construído em homenagem a São Miguel Arcanjo, em uma fortificação que ficava no caminho dos cruzados rumo à Terra Santa. Ele servira de abrigo, defesa e sustento aos cruzados e ao povo. A impressão que eu tive é que ela já sabia toda a história, mas me ouvia atentamente. Ela sorvia tudo o que eu dizia. Seu sorriso era encantador e sua atenção me deixava extasiado. Eu me sentia útil a uma estudante de Arte.

Andando pelas vielas, contei-lhe que este era o ponto turístico mais frequentado da Normandia e que milhares de pessoas vinham visitá-lo. Acrescentei que só se devia atravessar para o Mont Saint-Michel com alguém que conhecesse bem a região pois muitas pessoas eram pegas de surpresa pela maré repentina e morriam.

— Quem morava aqui? — ela perguntou.

— Os ermitões cristãos. Viviam solitários e na pobreza. O nome de Saint-Michel foi dado por um bispo. Certa vez, ele teve um sonho, no qual viu três aparições do Arcanjo São Miguel. Dessa forma, o monte foi consagrado ao arcanjo e ganhou o nome dele.

Ela me parou, me beijou em agradecimento e mordeu delicadamente meus lábios. Eu, com meus braços fortes, enlacei-a e apertei-a contra meu corpo, deslizando minha mão por suas nádegas.

Continuei contando mais detalhes.

— A partir do século XIX, começaram a aparecer os turistas. Assim, foram construídos novos edifícios ao redor do monastério. E o Mont Saint-Michel foi tomado por construções encantadoras. É um pedaço, segundo dizem, de um dos pontos turísticos mais belos da França. Não entendo bem essa parte, mas dizem que sua beleza arquitetônica é extraordinária. Eu sei que adoro andar por essas vielas e comer o prato predileto daqui que é a "Omelete de *La Mère Poulard*".

Ela estava encantada com meu jeito de falar, disse que íamos comer essa omelete com um bom *Bordeaux* e que fazia questão de me convidar.

Ela andava, tirava algumas fotos, anotava outras coisas aqui e acolá; até pediu para um transeunte tirar uma foto nossa.

— Muito bem, você é um excelente guia — ela elogiou, no final do passeio.

Ainda comprou dois livros sobre o monte e fomos almoçar. O dia estava magnífico, o céu azul com a eterna aragem da Normandia. Ela adorou a omelete e bebemos todo o vinho.

— Venha — chamei. — Vou mostrar a você uma vista que será inesquecível.

Fomos para a parte de trás da abadia e sentamos para admirar o mar, suas ondas e sentir o vento marítimo.

É claro que ainda pensei em Collete. Por onde andaria? Teria virado mesmo freira? Que saudades dentro do meu peito. Aline percebeu meu silêncio, mas não foi intrusa. Apenas fez um carinho no meu cabelo e na minha nuca.

Trocamos olhares e beijos cheios de desejo. Ela, na verdade, era bem tarada. Eu não só gostava como estava precisando. Agarrei seus seios e ela passou as mãos quentes em minhas coxas, me provocando ainda mais ao passar a mão no meu pau por dentro do meu short. Se fosse um lugar mais tranquilo, teríamos transado ali mesmo.

Lá pelas tantas, percebemos que já era hora de voltar. Atravessamos o areal a pé e pegamos o carro. Mais uma vez, pensei em Collete quando vi a árvore do refrigerante.

Passamos por uma placa: "Paris — 360 km".

— Você disse que nunca foi a Paris, certo?

— Só li algumas revistas sobre.

Ela ficou calada. Chegamos à hospedaria, e o beijo que era para ser de despedida foi mais longo do que devia.

— Vamos entrar? — sugeri.

Era tudo o que ela queria ouvir.

Transamos muito e deliciosamente. Ela adorava. Estávamos tomando banho juntos. Como curtia fazer, ela se ajoelhva e me chupava. Comecei a ensaboá-la. Ela safadamente se virou de costas para mim. Comecei a ensaboar sua deliciosa bunda. Ela segurou nas duas torneiras do banheiro e pediu: "Me ensaboe atrás...". Passei o sabonete no seu corpo e ouvi seus gemidos. Ela mesmo encostou meu pau e pediu para eu colocar. Lentamente penetrei nela. Ela gritava de tesão. Aline pegou minha mão e me fez tocar seu clitóris. Ela mesma enfiava meu pau nela. Entrou tudo. Senti que íamos gozar. Ela se segurava nas torneiras do chuveiro. Gozamos muito. Nos apoiamos um no outro. As pernas fraquejavam. Ela ainda lavou meu pau. Gemeu e me beijou o corpo todo. Ela era bem safada, deliciosamente safada. Dormimos.

No dia seguinte, ela se foi quando acordamos, deixando a promessa de conhecermos os arredores de Saint-Malo.

No meu banco

Os dias com Aline foram maravilhosos.

E eu não tinha mais esperanças de encontrar Collete.

Às vezes, eu passava pelo orfanato, mas não tinha coragem de entrar e perguntar por ela. Certo dia, cruzei com uma noviça. Perguntei-lhe como encontrar Collete e ela respondeu que não fazia ideia.

Aline estava sendo útil para o meu coração e o meu sexo. Ela me usava de maneira deliciosa e estou certo de que eu era ótimo para ela.

O amanhecer já estava dando seus sinais.

No porto de Saint-Malo

Amanheceu em Saint-Malo e lá fui eu para o porto. Havia alguns turistas, mas só para a Ilha Petit. Era um passeio rápido. Dia ensolarado. Jean e eu remamos e circundamos a ilha. Paramos por alguns instantes. Comi minha maçã enquanto os turistas passeavam. Logo voltamos para a cidade.

Ao longe, no cais do porto, avistei Aline que, animadamente, acenou para mim.

— É hoje de novo? — perguntou Jean.

— Essa moça vai acabar comigo.

Rimos alto.

Ancoramos, pegamos as gorjetas, e, suado, fui ao encontro de Aline.

Trocamos um beijo e fui me enxugar. Ela me olhava com apetite.

— Trabalhando ainda?

— Não, por hoje é só.

— Vamos ao Petit Déjeuner. Quero falar com você.

Saímos. Não me importava que ela pagasse para mim. Eu não tinha vergonha. Não era muito, e ela sabia da minha vida.

Comemos umas torradas com manteiga e tomamos chocolate quente.

— Você pode tirar uma semana de folga do seu trabalho?

Estranhei a pergunta, mas disse que sim.

— Ainda estou de férias — ela explicou. — E poderíamos passar uns três dias em Paris e depois poderíamos ir para Bruges. Você vai amar. E poderíamos ficar mais um tempo juntos.

— Adorei a ideia, mas minha condição financeira não me permite.

— Não se preocupe com isso. Conheço um hotel

barato que eu posso pagar e, em Bruges, ficamos no meu apartamento por três dias. Você terá que voltar de trem até Paris e depois pegar mais um trem de volta para cá. Por favor, diga que sim. Vou adorar mostrar um pouco de Paris para você. É verão e a cidade vai estar linda.

Fiquei em silêncio.

— Tenho que falar com meu chefe.

— Vamos agora, então.

Ela pagou a conta e fomos.

Já no cais, expliquei ao meu chefe a situação. Aline estava ao lado. Surpreendentemente, ele compreendeu.

— Vá, Marcel. Você é um bom sujeito e essas oportunidades não aparecem sempre. Fico feliz por você.

Aline até deu um beijo de agradecimento nele. Ainda escutei seu comentário para outro barqueiro: "Sujeito de sorte. Além de tudo, ela é linda e simpática".

Saímos felizes e eu já adorando a ideia.

Ah, que vida! Conhecer Paris, que só vi em revistas.

Demos uma boa volta por Saint-Malo. Já anoitecia e viajaríamos na manhã seguinte, bem cedo.

— Como fazemos?

Aline, marota, respondeu:

— Para sairmos mais cedo, durmo na sua hospedaria.

Rimos e nos beijamos. Ela foi buscar as coisas dela e eu fui arrumar minha sacola. Ela voltou com um *Bordeaux* e um bom *Camembert.* Entre beijos e amassos, comemos e bebemos. Aline me comeu deliciosamente. Eu me senti como uma sobremesa. Com ela, eu podia sempre fazer amor com força, já que ela adorava, a julgar pelos gemidos que soltava.

Dormimos exaustos, suados, pelados, bem enroscados um no outro.

A partida para Paris

Acordamos cedo. O carro dela já estava perto da hospedaria, e nossa bagagem, em ordem.

Depois de um rápido e delicioso café da manhã, partimos em direção à Normandia. O dia ajudava. Eu estava feliz, e ela, nas nuvens. A estrada era tortuosa e nossa direção era Chartres, uma basílica já próxima de Paris.

Que igreja imponente!

Aline me explicou que era um importantíssimo monumento histórico, sustentado pela Unesco. Havia sido construído no século XIII, em estilo gótico.

Eu nunca tinha ouvido falar nessas coisas. Eu simplesmente gostava ou não gostava, expliquei a ela. Se era gótica ou não, era a mesma coisa para mim. Ela ficou pensativa. Não me tirou a razão.

Notei que as torres eram diferentes.

— Por que as torres são diferentes?

— Muitas vezes, na França, costumava-se parar uma obra para dar continuidade a outra.

Achei estranho. Olhamos a vista e continuamos percorrendo a basílica, com mais explicações históricas da Aline.

Ela falava com prazer, estava radiante. Entendi que ela queria me ensinar e escutei a tudo atentamente. De fato, a basílica era majestosa. Depois da aula, convidei-a para ir a um pequeno restaurante e ela aceitou. Quando terminamos a refeição, seguimos definitivamente em direção a Paris.

Em duas horas chegamos. Entramos pelo Arco do Triunfo. Não era a deliciosa província de Saint-Malo. Era uma cidade cosmopolita, mas quase totalmente tombada pelo governo. Meus olhos estavam enlouquecidos e Aline estava feliz por me mostrar tudo aquilo. Passamos pela famosa Champs-Élysées e seguimos para o Boulevard Saint-Germain.

Ela me explicou que aquele era um bairro boêmio e que me encantaria. Lembro que ficamos na Rue Clément, em um hotel pequeno e charmoso, num quarto com janela para a rua e uma cama com lençóis que nunca vi tão claros.

Tomamos um banho delicioso a dois. Ela me comeu no chuveiro. Quando acabamos, saímos para ela me mostrar o Boulevard Saint-Germain e a igreja Saint-Germain-des-Prés.

Que noite. Que vida! Já era tarde, praticamente só nós estávamos pelas ruas. Fomos a uma pizzaria perto do hotel. Comemos e, exaustos, voltamos ao hotel. Estávamos enormemente felizes e pelados dormimos, bem abraçados.

No dia seguinte, depois de observar os telhados da Rue Clément, andamos até a Catedral de Notre-Dame. Fiquei maravilhado. Pensava que só existia este tipo de coisa no Mont Saint-Michel.

Andávamos abraçados pelas ruas como se nossos corpos fossem um só. *Seria amor?* Eu me questionava. Nos dias que se seguiram, fomos ao Jardin du Luxembourg. Simplesmente encantador. E, é claro, a

Torre Eiffel. Ela ainda me levou para andar em um dos bateaux-mouches, tão famosos em Paris. Foram muitos beijos lá. Ainda sobrou um dia para irmos à Basílica Sacré-Coeur e, depois, conhecer a praça dos pintores, Place du Tertre.

Eu estava inebriado. Não tinha consciência de que Paris era assim tão fervilhante. De carro, no último dia, fomos ao Bois de Boulogne, onde me apaixonei pelas árvores.

Transávamos toda noite. Havia um carinho e uma volúpia por demais excitantes. Não existiam limites para o prazer. Aline era extremamente experiente, mas acho que nunca havia encontrado um homem como eu. Ela tinha um enorme tesão pelo meu corpo e gostava da maneira como eu a possuía. Eu tinha músculos e força, e meu corpo atlético era maior que o dela. Eu era um macho. Ela gostava e era gulosa.

Agora, então, sentindo enorme prazer também em nossas conversas, tudo estava muito melhor e se encaixava perfeitamente. Eu não tinha ideia de como tudo ia acabar, mas deixava acontecer. Não era só o sexo que nos levava às nuvens, havia uma alegria que eu nunca tinha sentido. *Ah, que vida! Que vida maravilhosa!*

Bruges

No dia seguinte, viajamos para Bruges. Não parecia uma cidade, e, como Saint--Malo, era toda murada.

Chegamos e fomos imediatamente para o apartamento dela. Era bem antigo por fora. Havia uma sala com muitos livros e uma escrivaninha de estudos, uma cozinha pequena e um quarto com uma cama de casal. Tudo estava arrumado e em ordem.

Tomamos banho, descansamos e depois fomos andar pela cidade.

Imediatamente, percebi que ia adorar. Era uma cidade extremamente romântica, com muitos canais. Suas muralhas lembravam fortalezas que, segundo Aline, guardavam muitos segredos. A cada passo, nos deparávamos com torres, sinos e moinhos que, com certeza, deviam contar a história da cidade. Aline dizia que era uma cidade para se voltar no tempo. Disso eu entendia, pois Saint-Malo e o Mont Saint-Michel eram assim. Bruges era cheia de igrejas e conventos. Este foi um dos motivos pelos quais Aline, estudante de Arte, escolheu essa cidade para morar.

O clima do lugar nos aproximava. Andávamos de mãos dadas o tempo todo, abraçados. Cada vez mais juntos.

Voltei no tempo e pensei em Collete. E se a encontrasse lá?

Aline conhecia muito bem a cidade. Disse que em três horas era possível percorrer toda Bruges. Mostrou o prédio da prefeitura, o mais antigo da cidade, e a torre medieval mais famosa.

Eu não entendia bem o termo "gótico" e os períodos chamados de "medievais", mas estava adorando tudo aquilo.

Passamos por um convento e, novamente, ao ver umas noviças na rua, me lembrei de Collete. Acabei contando para Aline toda a história. Ela se emocionou e ficou com raiva das freiras por não me darem a localização de Collete.

Ao terminarmos o passeio, fomos à cervejaria mais famosa da cidade e provamos algumas cervejas. Já estava anoitecendo. Passamos por um armazém, onde ela comprou uma lasanha e duas garrafas de vinho, e fomos para sua casa. Enquanto ela aquecia a lasanha, tomei um delicioso banho.

Da janela do apartamento se via uma praça, um pedaço do canal e os musgos enroscados nas paredes das casas. Era lindo. Ela se encantava ao me ver admirando aquelas paisagens, percebia que eu gostava muito de tudo e que era uma enorme novidade para mim. Aline tinha muitas qualidades: era linda, gostosa e, além de tudo, generosa. Tivemos uma noite de sexo maravilhosa. Ela judiou de mim. Me despiu bem devagar, me lambendo todo, e me colocou na cama. Eu não podia me mexer. Ela me lambeu da cabeça aos pés. Adorava lamber minhas axilas, meu peito forte, minhas coxas... deixando por último meu saco e meu pau, que já estourava de tesão. Às vezes, me fazia gozar assim. Eu sentia câimbras. No dia seguinte era domingo. Acordamos bem cedo para irmos à missa. É claro, talvez para pagar os pecados da luxúria e da gula.

Depois da missa, fomos à Notre-Dame de Bruges. Nunca tinha visto torres tão altas. Aline explicou sobre sua riqueza e sua importância para o estudo da Arte, mas eu não conseguia guardar todas as informações artísticas dela. Ficava mais com a emoção de tudo aquilo que eu via e sentia.

Ela percebeu todo o meu desconhecimento e me levou a uma livraria, onde comprou livros sobre Arte na França e na Bélgica.

— Para você, meu amor. Leia, estude isso e, em Saint-Malo ou no Mont Saint-Michel, procure uma agência de turismo e pense em trabalhar como guia. Você saberá fazer, tenho certeza.

Pensei no meu futuro. Ela tinha razão. Remar até quando entre as duas ilhas?

Percebi que existia muito mais coisas fora das minhas duas cidades, mas precisaria de dinheiro e não seria como remador que eu conseguiria mais francos. Conversamos sobre isso e ela adorou o que falei.

Fomos à praça, passando pela Torre Beffroi. Ela me mostrou o sino e subimos os 366 degraus da torre. À tarde, fomos a um jardim público. Eles eram muitos e estavam sempre bem-cuidados. Conhecemos também o Baron Ruzettepark. Descansamos abraçados no clima de romantismo que pairava naquela cidade encantadora. Na volta para casa, circundamos as fortalezas.

Teríamos apenas mais um dia e uma noite antes que eu pegasse o trem de volta para minha casa. Fomos dormir.

No dia seguinte, Aline avisou que íamos conhecer uma praia. Fomos de carro até o local, que se chamava Zeebrugge. Era, ao mesmo tempo, um balneário e um porto internacional. Vi grandes navios.

Foi delicioso mergulhar com Aline. Entre beijos e abraços, curtimos o mar. Nadei bastante, sempre sob as vistas dela. Ela me agarrou e disse que à noite ia me comer.

O curioso é que não prometíamos nada um ao outro. Eu sabia que voltaria para as minhas cidades e ela, que tinha melhores condições financeiras, devia ter outros planos. Não nos cobrávamos um futuro juntos. Na volta para a casa dela, deixamos o carro e ela me levou para conhecer a passarela Bargebrug, toda feita de ferro e com acesso ao Lago do Amor.

Naquele instante, era o nosso parque. Para terminar, ela me ofereceu um passeio de barco de trinta minutos. No passeio, ainda vi alguns moinhos.

No final da tarde, voltamos para o apartamento. Aline me falou de sua vida, sua família, que morava em Bruxelas, e dos namorados que teve. "Você foi o melhor", ela afirmou. Fiquei em silêncio, comovido. Ela continuou falando e me contou que pretendia ser pintora. Também me mostrou uns esboços, tirou uma foto minha e disse que um dia faria um quadro meu. Ela era realmente generosa e linda, com um sorriso que eu jamais esqueceria, além de me comer com um tesão delicioso.

Saímos para um jantar que ela disse que seria especial. O restaurante era pequeno e lindo. Poucas mesas, com toalhas brancas. O garçom nos conduziu até uma mesa perto da janela, com duas velas acesas.

O que comemos pouco importava, apesar de ser tudo delicioso. Eu tratava de ser bem cuidadoso ao jantar. Comemos a sobremesa. Nem ela nem eu pagamos. Acho que ela não quis me constranger. Deve ter pago no dia seguinte.

Andamos pela rua de pedregulhos. Éramos dois apaixonados já em despedida. Os beijos e os abraços aconteciam a todo instante. A lua estava encantadora, fazendo com que aquele momento fosse inesquecível. Já existia uma certa nostalgia de despedida dos dias maravilhosos passados juntos.

Voltamos para o apartamento. Tratei-a naquela noite como se ela fosse ainda virgem, até determinado momento. Ela estava com um *négligée* lindo e transparente mostrando seu corpo pequeno e escultural. Eu, de cueca branca, já com o pau duro.

Ela morava no último andar, e a janela de cortinas abertas fazia a lua invadir nosso cenário. Olho no olho, nos aproximamos. De mãos dadas, nos beijamos. Devagar tirei seu *négligée* e comecei a passar a mão em sua bunda linda. Ela tirou minha cueca e a encoxei por trás. Ela encostou a cabeça no meu ombro. Na cama, beijei seus mamilos já bem durinhos. Chupei novamente suas coxas e o seu clitóris. Ela me chupou, me deixando bem lubrificado. Me deitou e, com cuidado, sentou em mim de costas. Eu via meu pau penetrando nela. O movimento era delicioso. Mais uma vez ela me comia. Mudou de posição para se virar para mim. Agora me fodia com força. O gozo estava vindo. Gritos de tesão. Eu tinha a visão de seus seios e do meu pau entrando e saindo dela. Gozamos juntos. Ela se soltou em cima de mim e, com beijos suaves, dormimos.

Aline adormeceu abraçada a mim. Eu não consegui dormir. Que saudades eu teria. Mas estava firme no meu propósito de mudar de vida e conseguir tudo o que eu desejava. O sol nos acordou, e o cheiro da trepada da noite anterior fez com que eu virasse o leão de que ela tanto gostava. Virei-a de quatro e a devorei. Foi delicioso. Saudades desse tempo inesquecível.

A partida

Amanheceu. Em silêncio, fomos até a estação de trem. As mãos dadas. De vez em quando, trocávamos olhares e pequenos abraços. Quando o trem parou na plataforma, nós nos abraçamos sem falar nada e ficamos nos observando. Subi nos degraus do trem, e ela veio para um último beijo. Foi ardente, cheio de tesão e amor.

O trem começou a andar. Inexplicavelmente, caiu uma lágrima em meu rosto. Da janela, vi quando Aline colocou a mão nos lábios, tentando não mostrar sua emoção. Acho que sabíamos que não nos veríamos nunca mais.

Acenamos. Estávamos mudos. Na curva da estrada, eu me sentei e abri os livros que ela me dera. Dentro, havia um envelope.

Marcel,

Este dinheiro é para alguma emergência na viagem.

Você é a pessoa mais admirável e tesuda que conheci.

Estude, cresça e tenha outros prazeres na vida.

Meu melhor e mais carinhoso beijo.

Aline.

O telefone dela estava anotado. Fui para o último vagão. Fiquei olhando o trem partir, enquanto ele se afastava de Bruges.

Algumas horas depois, cheguei a Paris. Que vontade tive de ficar. Mas, como não podia, peguei o outro trem de volta para Saint-Malo.

Na hospedaria

Deixei minhas coisas na hospedaria e fui a uma agência de turismo em Saint-Malo procurar emprego como guia.

Falei com Simone, a dona da agência. Uma vez que eu conhecia bem tanto Saint-Malo quanto Mont Saint-Michel, ela concordou em me dar uma oportunidade.

Lentamente, comecei a trabalhar até ganhar a confiança dela. Também li os livros que Aline havia me dado, além de outros que consegui. Fui deixando de lado meu antigo trabalho e poucas vezes remava, a não ser quando tinha os meus próprios turistas.

Deixei de morar na hospedaria. Consegui uma pequena casa de pedra, coberta de musgos e com vista para o mar. Aquela vista me alimentava a alma.

Daí para a frente, minha vida mudou. Devia tudo a Aline, que me incentivara.

Tive outras garotas, outras conquistas, outras transas, mas Aline foi especial. E Collete foi sempre meu único amor. Era doído quando eu pensava nela, apesar de toda a alegria que tivemos juntos. Meu coração se enchia de uma nostalgia que até provocou algumas lágrimas.

O tempo passou. Um dia, olhei por acaso o bilhete de Aline e resolvi telefonar. Ela atendeu.

— Que alegria, Marcel! Como você está?

— Feliz, graças a você.

Contei a ela tudo que havia acontecido desde então.

— Que bom saber que você está tão bem!

— E você?

— Terminei meus estudos e estou voltando para Bruxelas.

— E meu quadro?

— Terminei e vou mandá-lo para você em breve.

— E seus amores?

Ela fez uma pausa.

— Vou me casar.

Um instante de silêncio.

— Desejo que você seja muito feliz.

— Serei.

— Ele é gostoso?

— Não como você. Mas seremos felizes.

— Espero que sim. Aline, muito obrigado por tudo o que você fez por mim. Adoro você. Você é inesquecível.

— Você também. Cuide-se! Muitos beijos, Marcel.

— Para você também. Venha um dia com seu marido. Terá um ótimo guia.

— Quem sabe, iremos.

Desligamos. Nossa história definitivamente terminara.

No meu banco

Sorrio ao lembrar do meu passado feliz.

Os raios do meu amigo sol já estavam despontando. Olhava o *Bordeaux* e me lembrava da Aline. *Ah, que vida!* Logo seguiria para o trabalho. Sentaria em minha escrivaninha para receber os turistas.

Já tinha informações históricas muito mais precisas. Os turistas me adoravam e já tinha uma boa clientela. Simone, dona da agência, havia falecido há um tempo e tudo ficara comigo. Não chegamos a casar, mas tivemos um ótimo relacionamento amoroso. Fomos felizes.

O susto inesperado

O dia ainda não tinha raiado totalmente. Eu estava sentado confortavelmente, olhando o meu Mont Saint-Michel. O sol ia nascer no meu rosto.

Atrás de mim, ouvi uma voz.

— Marcel, meu Deus!

Olhei para trás e vi duas figuras se aproximando.

— Meu Deus! — Estava aturdido.

Levantei com certa dificuldade, as pernas e as mãos tremendo.

— Você está um pouco mais velho, como eu, mas não mudou nada — a mulher comentou.

— É um milagre!

— Não, não é.

— Collete.

— Marcel, meu amor!

Ficamos apenas nos olhando por um longo tempo. Nós nos abraçamos como nunca antes, um século de abraço. Apertado. Amoroso. Com certeza o passado surgia agora na cabeça dela como surgia na minha. Beijei seu rosto e ela retribuiu.

— Seu beijo é ainda o mesmo — disse ela.

Meus olhos estavam marejados. Os dela também.

— Quem é ele? — Apontei para o garoto ao seu lado.

Pausa.

— O nome dele é Marcel.

Fiquei calado por um momento.

— Sim, é seu filho — ela confirmou.

Comecei a soluçar forte.

— Marcel, abrace seu pai.

Nossas almas se transpuseram! Puxei-o na minha direção. Que abraço terno. Meu filho. Dei-lhe muitos beijos e ele em mim.

Collete sentou de um lado do banco e Marcel, do outro. Fiquei entre meus amores, nós três de mãos dadas.

Collete cortou o silêncio.

— Ele sabe de tudo.

Marcel não deixou ela continuar.

— Eu te amo, pai.

Nós nos abraçamos e eu chorei como nunca havia chorado em minha vida.

Ela enxugou minhas lágrimas e eu perguntei:

— E você, meu amor? O que aconteceu?

— Fui mandada para um convento distante, ao norte da França. Chegando lá, disse que não queria mais ser freira, mas me obrigaram a ficar. Depois de um tempo, consegui me libertar e corri para cá. Você tinha ido viajar. Voltei a Paris. Arrumei um trabalho lá. Logo conheci um bom rapaz brasileiro. Nós nos casamos e, um tempo depois, fomos para o Brasil. Ele sabia da minha gravidez, mas não se importou. Disse para a família que o filho era dele. Marcel cresceu e, no tempo certo, contei toda a verdade a ele. Ele queria muito conhecer você.

As lágrimas escorriam pelo meu rosto. Collete, extremamente emocionada, também chorava, mas, apesar disso, nós três mantínhamos um sorriso nos lábios. Estávamos muito felizes. Collete continuou sua história:

— Quando meu marido faleceu, resolvemos voltar para cá. Fui a Saint-Malo e perguntei por você. Me falaram que você ainda estava na região, mas morava aqui no Mont Saint-Michel. Fui à sua casa e me informaram que, com frequência, você ficava nesse banco, observando o lugar. Que alegria reencontrar você, Marcel!

— Que alegria, Collete, meu filho! A maior alegria da minha vida!

Então, me dirigi para Marcel:

— Filho. Esta palavra é nova em meu vocabulário. Marcel, meu amor, meu filho, peço desculpas por não ter sido seu pai até agora. Teria sido, sem dúvida, o melhor pai do mundo. Eu adoraria você mais do que agora já adoro. Imagine nós três juntos. Seria o mundo perfeito. Vocês são meus amores.

Choramos os três.

Collete olhou a bicicleta.

— Lembra-se?

— Nunca me esqueci — respondi. — Seu cheiro...

— Nem do feno?

— Jamais — confirmei. Nunca mais voltei lá.

Houve um silêncio entre nós. Uma emoção enorme encheu meu peito, uma emoção que eu não deveria sentir. Uma emoção muito forte.

Collete pressentiu que eu não estava casado, mas ainda assim perguntou:

— Você se casou?

— Não. Mas agora estou com duas pessoas: você e meu filho.

Para Marcel, perguntei:

— Ainda posso ser seu pai?

— É tudo o que desejo.

— Então vamos para casa!

O sol já nascia. Caminhamos para minha casa para começarmos uma nova vida.

Fomos os três de mãos dadas.

Em casa

Collete ficou maravilhada.

Contei para eles tudo sobre a minha vida. Que agora eu tinha uma agência de turismo. Falei da Aline, nunca escondendo coisa alguma. Falei sobre o quanto sofri com a ausência de Collete, das idas ao convento quando não me davam nenhuma informação. Afirmo ainda que ela sempre foi minha vida, meu amor e meu tesão.

Lágrimas brotavam dos olhos dela ao mesmo tempo que seu sorriso anunciava um futuro promissor.

Nosso filho encantado andava pela rua com a nossa bicicleta.

Collete e eu nos olhamos profundamente. Nada falamos. Lentamente, nós nos aproximamos e, com um terno e delicioso beijo, nos abraçamos para nunca mais nos separarmos.

O tempo passou

Marcel queria conhecer Paris e lá foi ele em uma excursão.

Voltamos para nossa casa e nos possuímos como antigamente. A primeira transa foi tesuda e repleta de amor. Ela usava um *baby doll* rosa. Eu a abracei com todo o meu amor. Beijos, lambidas em seus seios e no seu clitóris. Ela foi à loucura. Nunca tinha sentido aqueles toques. Ela não me chupou, mas não teve importância.

Em nosso leito, vieram as juras de amor e o gozo que tivemos no passado.

Ah, que vida! Ela continuava adorável e tesuda.

Collete me contou que nunca se esqueceu daqueles momentos. No nosso celeiro.

No tempo que nosso filho estava viajando, transávamos todos os dias.

Marcel começou a estudar e nos mudamos para uma casa maior em Saint-Malo. Collete passou a me ajudar na agência.

Tempos depois no convento

Resolvemos visitar o convento. A madre superiora era ainda a mesma. Levou um susto ao nos ver:

— Vocês se reencontraram!? Como foi isso?

Contamos a história toda e sobre nosso filho.

A madre nos sugeriu casar perante Deus.

O casamento

Entramos os três na nave da pequena capela, ao som da marcha nupcial. O padre era o mesmo do Convento do Mont Saint-Michel.

Colocamos as alianças, os sinos repicaram e as noviças aplaudiram. Trocamos um beijo e abraçamos nosso filho.

Ao som do cântico das noviças e sob uma chuva de pétalas de rosas, aplausos e vivas, saímos do convento ao encontro do futuro que sempre desejamos.

Hoje

Sempre fomos nós dois.

Nosso filho está casado, feliz e com as lições sexuais de seu pai. Ele seguiu sua vida, agora em Paris. Nos vemos muito. Ele é feliz.

Agora estou junto de Collete, minha única amada. Estamos sentados no banco de sempre. Em frente ao Mont Saint-Michel.

Relembramos toda a nossa história. Rimos, nos emocionamos. Estamos felizes, e para sempre.

Agradecimentos

Agradeço a Annamaria Dias, a autora, diretora de teatro e televisão que sempre prefaciou meus livros, e a Marcela Jahjah, que fez as primeiras revisões. A Benezet Morgado, amiga fiel que compartilha tudo o que escrevo, e a extraordinária Marta Volpiani, amiga que fala a verdade — o que é um estímulo.

A Sadrac Leitão, da Livraria Saraiva, que me ajuda na escolha das minhas leituras. A José Carlos Honório, curador da Livraria Cultura, que participou das sugestões de títulos para *Sedução no convento.*

A Soraia Reis, um anjo que "despencou" na minha vida e editora de enorme talento, que foi fundamental no lançamento deste livro. A Luciana Figueiredo, nova amiga e ótima profissional, que muito me ajudou no trabalho com o texto. A Nacional, obrigado por me aceitar em sua "casa"; me sinto honrado.

A Sueli De Lazzari, minha amiga mais antiga, com quem compartilho tudo.

Este livro foi publicado pela Companhia Editora Nacional em 2015.